Giorgio Bassa

Der Reiher

Serie Piper
Band 630

Zu diesem Buch

»Der Reiher« beschreibt den letzten Tag im Leben des fünfundvierzigjährigen Gutsbesitzers Edgardo Limentani. Während eines Jagdausflugs in die Bassa von Ferrara kommt ihm mit lähmender Plötzlichkeit die Sinnlosigkeit seiner Existenz zum Bewußtsein. Er fühlt sich einer überlebten Welt angehörig; das Leben um ihn bedrückt ihn als etwas Fremdes, Irrationales. In der eigentlichen Jagdszene erreichen Verzweiflung und Lebensekel ihren Höhepunkt. Er ist unfähig zu schießen, während sein Begleiter mit ruhiger Sicherheit alles abschießt, was ihm vor die Büchse kommt: Enten, Wasserhühner und schließlich auch den Reiher. Dieser Vogel – sein Flug, sein Sturz und sein langsames, sinnloses Verbluten – erscheint Limentani wie ein Bild seiner selbst. Nur durch den Selbstmord glaubt er den Ekel vor dem Leben überwinden zu können.
Es gelingt Bassani, aus der Sicht des distanzierten Beobachters, der die Reaktion und Irritation seines Helden akribisch und empfindsam notiert, das Bild eines Mannes zu zeichnen, der – bei aller Eigenart – mit seinen Schwierigkeiten und Existenznöten typisch ist für den Menschen von heute.

Giorgio Bassani, am 4. März 1916 in Bologna geboren, lebte bis 1943 in seiner Vaterstadt Ferrara. Studierte in Bologna Literatur und Kunstgeschichte. Gymnasiallehrer in Neapel; 1943 als Antifaschist verhaftet. Seit Kriegsende in Rom ansässig. Mitarbeit bei verschiedenen Verlagen und beim Rundfunk; Herausgeber mehrerer Zeitschriften, unter anderem 1948–60 der »Botteghe Oscure«. Ab 1957 Professor an der Schauspielakademie in Rom. Erhielt den Premio Strega, den Premio Viareggio, den Premio Campiello und für sein Gesamtwerk, das er später unter dem Titel »Il romanzo di Ferrara« zusammenfaßte, den Nelly-Sachs-Preis der Stadt Dortmund.

Giorgio Bassani

Der Reiher

Roman

Aus dem Italienischen
von Herbert Schlüter

Piper
München Zürich

Die Originalausgabe erschien 1968 unter dem Titel »L'airone« bei Arnoldo Mondadori, Mailand.

Von Giorgio Bassani liegen in der Serie Piper bereits vor:
Die Gärten der Finzi-Contini (314)
Hinter der Tür (386)
Die Brille mit dem Goldrand (417)
Ferrareser Geschichten (430)
Weitere Werke sind in Vorbereitung.

ISBN 3-492-10630-7
Neuausgabe 1986
2. Auflage, 6. – 15. Tausend Oktober 1986
(1. Auflage, 1. – 10. Tausend dieser Ausgabe)

Umschlag: Federico Luci,
unter Verwendung des Gemäldes »Inverno« (1865)
von Giuseppe Abbati (Collezione Alvaro Angiolini, Livorno)
Satz: Presse-Druck, Augsburg
Druck und Bindung: Clausen & Bosse, Leck
Printed in Germany

Elle est retrouvée. Quoi? L'éternité.

Rimbaud

Für Beppe Minerbi

Erster Teil

I

Nicht jäh, sondern eher mühsam aus der bodenlosen Tiefe des Unbewußten auftauchend, suchte Edgardo Limentani mit der rechten Hand den Nachttisch zu erreichen. Der kleine Reisewecker, den ihm seine Frau, Nives, vor drei Jahren in Basel zu seinem zweiundvierzigsten Geburtstag geschenkt hatte, hörte nicht auf, im Dunkeln sein Stakkato zu läuten. Es war, bei aller Gedämpftheit, ein schriller, hartnäckig mahnender Ton, den man zum Schweigen bringen mußte. Limentani öffnete die Augen. Er zog die rechte Hand zurück und drehte sich auf die Seite, wobei er sich mit seinem ganzen Gewicht auf den rechten Ellenbogen stützte, während er gleichzeitig die linke Hand ausstreckte; und in dem Augenblick, in dem er mit den Fingerspitzen das feine, schon etwas abgenutzte Wildleder des Weckers berührte und durch einen Druck auf den Knopf das Läutwerk abstellte, las er auf dem Zifferblatt an der Stellung der leuchtenden Zeiger die Stunde ab. Es war vier Uhr: genau die Zeit, zu der er, wie er sich am Abend vorgenommen hatte, aufstehen wollte. Wenn er in Volano noch eine Stunde vor Tagesanbruch ankommen wollte, durfte er jetzt keine Minute mehr verlieren. Alles brauchte seine Zeit: aufstehen, auf die Toilette gehen, sich waschen, rasieren, anziehen, eine Tasse heißen Kaffee trinken und so weiter, so daß er sich kaum vor fünf Uhr ins Auto setzen konnte.

Aber als er Licht gemacht hatte und sich, auf dem Bett hockend, langsam im Zimmer umblickte, packte ihn plötzlich ein solches Gefühl der Niedergeschlagenheit, daß er versucht war, alles zu lassen und nicht zu fahren.

Vielleicht lag es an der Kälte oder an dem allzu schwachen Licht, das von der Deckenbeleuchtung herabschien, jedenfalls war ihm sein Schlafzimmer, in dem er, abgesehen von einer kurzen Zeitspanne nach seiner Heirat und natürlich von den anderthalb Jahren in der Schweiz, seit seiner Kindheit geschlafen hatte, noch nie so fremd und unfreundlich erschienen. Der dunkle Schrank, der, groß, breit und bauchig wie er war (*Schrank mit Bauch* hatte ihn seine Mutter immer genannt), einen großen Teil der linken Wand einnahm; die plumpe Kommode auf der rechten Seite, über der ein kleiner ovaler Spiegel hing, der jedoch so trübe war, daß man sich nicht einmal die Krawatte vor ihm binden konnte; der Gewehrschrank aus Mahagoni und Glas im Hintergrund, klein neben der Vertikalen der grauen Übergardine; die Stühle; der Kleiderständer, an dem seine Mutter schon am gestrigen Nachmittag sein wollenes Unterzeug unübersehbar aufgehängt hatte, eine Kombination aus Unterjacke und langen Un-

terhosen (den Rest seiner Jagdausrüstung samt den Stiefeln hatte sie drüben ins Bad gelegt); schließlich die verschiedenen Wechselrahmen an den Wänden, in denen etwa sein Doktordiplom oder Fotografien steckten, vorwiegend Aufnahmen aus den Bergen: Alles, worauf sein Blick fiel, jedes einzelne Möbel und jeder Gegenstand, war ihm zuwider. Ihm war, als sähe er das alles zum erstenmal, oder, genauer gesagt, als vermöge er erst jetzt, die schäbige, abstoßende, ja absurde Seite daran zu sehen.
Er gähnte und fuhr sich mit der Hand über Wangen und Kinn, die sich rauh und unrasiert anfühlten. Dann schlug er die Bettdecke zurück, setzte die Beine auf den Boden und nahm vom Stuhl den kamelhaarfarbenen wollenen Morgenrock, den er über den Schlafanzug zog, und schlüpfte in die Hausschuhe.
Einen Augenblick darauf stand er am Fenster und blickte durch die halbgeschlossenen Läden auf den Hof hinunter.
Zu sehen war so gut wie nichts. Der Hof war noch in so tiefes Dunkel getaucht, daß man den Brunnen in seiner Mitte kaum erkennen konnte. Aber aus dem Küchenfenster der Hausmeisterleute, der Manzoli, fiel ein greller Lichtstreifen, so hell, daß er auf der hohen Mauer gegenüber, die mit der Vorderseite auf die Via Montebello blickte, die obersten Zweige der großen Kletterrose erreichte, die im Sommer die Hofseite der Mauer fast vollkommen bedeckte. In Böen spielte der Schirokko mit

ihnen und zauste sie. Dürr und leicht bewegten sie sich ruckweise, wie unter elektrischen Stromstößen. Es regnete nicht, und solange der Wind anhielt, würde es auch nicht regnen.

Dann sah er zum Hausflur hinüber. Die Tür zur Wohnung der Manzoli im Erdgeschoß hatte sich geöffnet. Vor dem Lichtschein, der aus dem Türrahmen drang (und der sehr viel schwächer war als der aus dem Küchenfenster), zeichnete sich plötzlich eine gebeugte, vermummte Gestalt ab.

»Romeo ist schon auf«, stellte er fest.

Aufmerksam, regungslos, verfolgte er alle Bewegungen des Hausmeisters. Er beobachtete, wie er auf das schmiedeeiserne Gitter zuging, das den Hof vom Hausflur trennte, einen Türflügel öffnete und ins Freie trat; wie er nach oben sah und den dunklen Himmel musterte und nun, da er offensichtlich ihn, seinen Herrn, am Fenster erkannt hatte, grüßend die Mütze zog.

Er öffnete die doppelten Fensterscheiben, stieß die Läden auf und lehnte sich hinaus, um sie an der Mauer festzumachen. Ein Windstoß traf ihn, feucht, lau, fast warm.

Er richtete sich wieder auf.

»Guten Morgen«, sagte er, zum Hausmeister gewandt. »Sagen Sie bitte Imelde, sie möchte mir, wenn sie doch schon auf ist, Kaffee machen.«

»Gehen Sie trotz des Wetters, Herr Rechtsanwalt?« fragte der Hausmeister, auch er mit leiser, ruhiger Stimme.

Er nickte mit dem Kopf; dann schloß er die äußeren Fenster. Als er sich umdrehen wollte, sah er gerade noch, wie Romeo wieder die Mütze zog. Wieviel Jahre standen die Manzoli schon in ihren Diensten, überlegte er auf dem Weg ins Badezimmer, nur für einen Augenblick, als er am Gewehrschrank vorbeikam, von den hinter Glas funkelnden Gewehrläufen abgelenkt. Er kam zu dem Schluß, daß die Manzoli seit ungefähr vierzig Jahren bei ihnen im Hause sein mußten.

Er zog den Morgenrock aus und hängte ihn an den Haken an der Badezimmertür; dann ließ er heißes Wasser ins Becken laufen und nahm das Rasierzeug aus dem ledernen Etui. Er blickte in den Spiegel.

Dies war sein Gesicht; und dennoch stand er hier und betrachtete es, als ob es nicht zu ihm gehörte, sondern das Gesicht eines anderen wäre. Mit einer argwöhnischen Genauigkeit musterte er alle Einzelheiten: die kahle, gewölbte Stirn; die drei waagrechten, parallellaufenden Falten, die sie von einer Seite bis zur anderen durchfurchten; die Augen von einem verwaschenen Blau; die dünnen, übertrieben hochgezogenen Brauen, die dem Gesicht sozusagen einen Ausdruck ständiger Unsicherheit und Ratlosigkeit verliehen; die ziemlich kräftige, aber wohlgeformte aristokratische Nase; die dicken aufgeworfenen Lippen, ein wenig wie die einer Frau; das Kinn, das durch ein Grübchen, das wie ein Komma aussah, entstellt war; die ziegelrote Farbe des länglichen, unzufriedenen Gesichts, auf dem der Bartwuchs so schwarz war, daß er ins Bläuliche spielte. Wie kläglich und unsympathisch er sein Gesicht fand – wie lächerlich! Seine Mutter hatte zwar immer gemeint – und natürlich einen Vorzug darin gesehen –, daß es dem Gesicht des Exkönigs Umberto ähnelte. Möglich. Soviel war jedenfalls sicher: Wenn die sozialistisch-kommunistische Flut weiter anstieg (und von wem sollte sie wohl eingedämmt werden? Von De Gasperi? Sah der so aus?), dann würden alle Gutsbesitzer einer bestimmten Größenordnung, zu denen zwangsläufig auch sie, die Limentanis, mit einem Besitz wie der Montina von über vierhundert Hektar, gehörten, sehr bald abdanken müssen.

Er begann sich einzuseifen und fing bei der Kinnspitze an. Und während seine Gesichtszüge allmählich im Seifenschaum verschwanden, empfand er wieder, noch stärker als kurz zuvor, Unbehagen, wenn er an den vor ihm liegenden Jagdtag dachte.

Er allein hatte ihn sich auferlegt. Und warum? Was war der Zweck? Hätte er nicht besser daran getan, endlich einmal diese Idee der Jagd in der Tonne aufzugeben? Sogar sein Vetter Ulderico Cavaglieri, der doch in Codigoro wohnte, und das hieß, sozusagen nur einen Schritt von den Valli entfernt, und der im Schutz seiner stattlichen, patriarchalisch-katholischen Familie, die er im Lauf von fünfzehn Jahren um sich versammelt hatte, auf die Meinung der Kommunisten ebenso pfeifen könnte wie einst auf die der Faschisten der Republik von Salò oder der deutschen SS – nun, sogar er hatte es nichtsdestoweniger für zweckmäßig gehalten, mit der Jagd einstweilen noch zu warten. Ja, im Herbst 1938, nach dem Erlaß der Rassengesetze (Ulderico war damals vierzig Jahre alt gewesen, während er, Edgardo, heute fünfundvierzig war), hatte es Ulderico nicht einmal darauf ankommen lassen, daß man ihm den Waffenschein verweigerte! Er hatte einfach keine Verlängerung seiner Erlaubnis beantragt. Und 1945, nach der Befreiung, hatte er sich gehütet, den Fehler zu begehen und sich sogleich einen neuen Waffenschein ausstellen zu lassen.

Er rasierte sich mit der gewohnten Sorgfalt. Dann – da es noch eine Weile dauern würde, bis sich die Wanne mit warmem Wasser gefüllt hatte, streifte er die Pyjamahose ab und setzte sich auf die Toilette. Seit ein paar Jahren hatte er mit seiner Verdauung morgens Schwierigkeiten. Blieb sie aus – sei es, daß er am Abend zuvor zu reichlich gegessen hatte, sei es, daß er zu zeitig aufgestanden war –, war er den ganzen Tag über schlechtester Laune; es konnte sich sogar Herzklopfen einstellen. Wie er hätte voraussehen können, war dies ein widriger Morgen. Aber so konnte er unmöglich losfahren; er riskierte dabei, unterwegs halten zu müssen, womöglich ohne Gelegenheit, sich waschen zu können. Also harrte er aus, indes sich das Wasser mit Getöse in die Wanne ergoß und er den stetig steigenden Wasserspiegel in der Wanne nicht aus dem Auge verlor. Er dachte an die Jagd in den Valli – daran, wie sie vor dem Krieg gewesen war und wie sie vermutlich heute geworden war. Wenn vor dem Krieg ein Herr aus Ferrara am Sonntag in der Gegend von Codigoro oder Comacchio auf die Jagd ging, konnte er überall einer freundlichen Aufnahme und des allgemeinen Respekts sicher sein. Und darüber hinaus, was die praktischen Dinge, die Organisation, anging, so war alles zum besten bestellt und vorbereitet – es war deutlich, daß man seit Jahrhunderten an diese Jagdbesuche gewöhnt war –, kurz, es war dafür gesorgt, daß der Gast aus Ferrara sich ohne Schwierigkeiten überall bewegen, daß er sich stärken konnte und an Ort und Stelle alles fand, was er irgend brauchen mochte. Doch heutzutage? Ganz abgesehen davon, daß es schon ein Wagnis war, im Auto über Land zu fahren (genauso wie in den Jahren 1919 und 1920 war es vorgekommen, daß man einem Autofahrer die Windschutzscheibe mit einem Stein eingeworfen hatte, der von unbekannter Hand hinter einer Hecke hervorgeschleudert wurde) – was konnte man, wenn man sich, ob mit oder ohne Doppelflinte, in jener Gegend zeigte, anderes erwarten, als scheele Blicke, als Menschen, die einem die kalte Schulter zeigten oder gar frech und feindselig anstarrten? Die Zeiten des Lächelns, in denen man höflich den Hut zog und sich verbeugte, waren vorbei. Für alle vorbei: politisch oder rassisch Verfolgte des faschistischen Regimes nicht ausgenommen.

Er konnte auch nicht umhin, wieder einmal – wie

schon so oft seit einigen Monaten – an das böse Abenteuer zu denken, das ihm, ausgerechnet ihm, widerfahren war, als es ihm im vergangenen April in den Sinn gekommen war, sich in der Montina einmal selbst vom Fortgang der Planierungsarbeiten zu überzeugen.

Es war alles ganz plötzlich geschehen, sozusagen ohne die geringste Vorwarnung.

Er sah sich wieder am Grabenrand sitzen, in der endlosen Weite der Felder, umringt von mindestens dreißig Landarbeitern (fast alles Gesichter, die ihm seit vielen, vielen Jahren bekannt waren), die mit erhobener Hacke – bereit, sie ihm über den Schädel zu schlagen – von ihm die sofortige Änderung der Lohnverträge forderten. Natürlich hatte er zunächst einmal nachgegeben, und Galassi-Tarabini, sein Anwalt, den er gleich nach seiner Rückkehr in die Stadt konsultierte, hatte seine *Taktik* vollkommen gebilligt, jedoch im gleichen Atemzug den Rat erteilt, sich um das gegebene Versprechen nicht weiter zu kümmern, vielmehr die ihm widerfahrene Bedrohung bei den Carabinieri von Codigoro anzuzeigen. Daraufhin aber hatte er seit jenem Tag nicht mehr den Mut gehabt, sich auf der Montina sehen zu lassen (statt dessen hatte er von Zeit zu Zeit seinen Verwalter, Ragionier Prearo, geschickt, der mit Benazzi, dem Pächter, über die kleinen Beträge abrechnete, um die es sich da handelte); und da 1939 der gesamte Grundbesitz des verstorbenen Leone Limentani auf seine Schwiegertochter Nives überschrieben worden war – Pimpinati Nives, katholisch, arisch und damals im achten Monat –, mußten nunmehr Leones Erben in direkter Linie, sein Sohn Edgardo und seine Witwe, Erminia Calabresi, die gut vierhundert Hektar der Montina – wenn nicht gar das Haus in der Via Mentana in Ferrara, in dem sie schlecht und recht noch immer wohnten – definitiv als fremdes Eigentum betrachten.

Außer mit Galassi-Tarabini und selbstverständlich mit Ragionier Prearo hatte er mit niemandem über den Zwischenfall auf der Montina gesprochen, weder mit seiner Mutter noch mit seiner Frau. Seine Mutter – nun, man brauchte nur zu sehen, wie ruhig sie war – hatte bisher nichts von alledem erfahren. Aber Nives? Ob sie nicht vielleicht durch Prearo, mit dem er sie letzthin so oft im Büro der Verwaltung im vertraulichen Gespräch sah, bereits ausführlich über den Zwischenfall unterrichtet war? Und was erst die Landbevölkerung betraf, von Codigoro und Umgebung bis, mindestens, Pomposa – vor allem war hier natürlich an das ländliche Proletariat zu denken –, so müßte es ja nicht mehr mit rechten Dingen zugehen, wenn sich die Gewerkschaft nicht sofort auf den Fall gestürzt und den Leuten damit gehörig eingeheizt hätte!

Aber eben darum: Wenn es so stand, warum mußte er sich dann – so fragte er sich – irgendwelchen Gefahren aussetzen? War es wirklich der Mühe wert, sich weitere Unannehmlichkeiten zuzuziehen, vielleicht sogar physischer Art, nur um dem Vergnügen frönen zu können, ein paar Flintenschüsse abzufeuern?

Was war denn nun wichtiger, die Jagd oder ...

Mißmutig erhob er sich. Er gab es auf, dort länger sitzen zu bleiben (»Es ist ja doch zwecklos«, brummte er vor sich hin). Er beugte sich über die Wanne, um die Hähne zuzudrehen. Das Badezimmer hatte sich inzwischen mit einem dichten, lauwarmen Nebel gefüllt.

2

Er stand vor der geschlossenen Tür, die Hand auf der Klinke, noch ohne sie hinunterzudrücken, und überlegte, ob er es schaffen würde, sich heimlich davonzustehlen.

Von seiner Mutter und von seiner Frau hatte er sich gestern abend verabschiedet und gleich nach dem Essen das Speisezimmer verlassen, wo sie stumm vor dem Kamin mit den halb verglühten Scheiten sitzen blieben und strickten. Rory, sein Töchterchen, hatte er allerdings am Abend nicht mehr sehen können, da er erst um neun Uhr nach Hause gekommen war, als Rory schon seit mindestens einer Stunde schlief. Aber, wie dem auch sei, jetzt konnte er sich unmöglich noch länger aufhalten lassen. Wenn er, um Rory einen Kuß zu geben, sich auch von Nives noch einmal verabschieden mußte, die in dem Zimmer schlief, das zwischen seinem und dem Rorys lag und das eigentliche eheliche Schlafzimmer war (das Zimmer seiner Mutter dagegen lag nach vorn heraus – isoliert und in gehörigem Abstand, Gott sei Dank!), ach nein, dann wollte er lieber auch auf Rorys Kuß verzichten.

Behutsam öffnete er die Tür seines Zimmers und trat hinaus.

Auf dem Korridor schaltete er das Licht ein, wandte sich um und schloß seine Tür, bevor er vorsichtig die ersten Schritte auf dem linoleumbedeckten Gang machte. Obwohl er amerikanische Militärstiefel mit ungenagelten Sohlen trug, setzte er seine Füße äußerst vorsichtig auf. Er wog ungefähr achtzig Kilo – doch heute, in seinen Jagdsachen und mit zwei Gewehren, der Browning und seiner alten Krupp *Drei Ringe*, wog er gut zwanzig Kilo mehr. Und das leiseste Knarren, das ein solches Gewicht dem Parkett unter dem Linoleumbelag entlockte, würde höchstwahrscheinlich genügen, daß Nives aus ihrem leichten Schlaf erwachte und ihn dann rief.

»Edgardo!«

»Pst!« machte er instinktiv.

Er hatte nicht das geringste Geräusch verursacht – dessen war er sicher –, und doch hatte ihn Nives, er wußte nicht wie, gehört. »Verdammt!« brummte er. Wenn er nicht sofort zu ihr ging, würde sie ihn bestimmt wieder rufen, ohne dabei auch nur ein bißchen an Rory zu denken.

»Edgardo, hör doch mal!« rief sie wieder, mit der nasalen Stimme und dem schleppenden Tonfall ihrer ländlichen Heimat.

Er steckte den Kopf in das stockfinstere Zimmer.

»Pst!« zischte er. »Was ist denn los? Warte einen Augenblick.«

Es war ihm unangenehm, in diesem Aufzug das Zimmer seiner Frau zu betreten: mit den Gewehren und der Patronentasche vorm Bauch, vor allem aber mit der fünfschüssigen Browningflinte in dem eleganten naturfarbenen Lederfutteral, die er, seinem so oft verkündeten Sparsamkeitsprogramm zum Trotz, im vergangenen September bei Gualandi, dem ersten Waffenhändler Bolognas, gekauft hatte. Darum legte er sie ab, behutsam in jeder Bewegung, und hängte sie mit dem Schultergehänge über den Griff des Vorderfensters. Er schickte sich an, das gleiche mit der Doppelflinte zu tun, als ihm einfiel, daß er sich mit dieser ungeniert vor Nives zeigen konnte, da sie ihn damit schon in den Zeiten von Codigoro gesehen hatte, als sie, Nives, noch seine Geliebte gewesen war. Die Waffe würde ihr also wahrscheinlich gar nicht auffallen. Ganz zu schweigen davon, daß es, um Schwierigkeiten jeglicher Art zu vermeiden (möglich, daß sie irgendwelche *Absichten* hatte: sie war durchaus fähig, sich dafür ausgerechnet diesen Augenblick auszusuchen!), das Allerbeste war, ihr sofort zu verstehen zu geben, daß

er im Aufbruch begriffen war und keine Minute Zeit für müßiges Geschwätz hatte.
Er trat ein.
Nives schaltete die Nachttischlampe ein, während er sich zur Mitte des Zimmers hin bewegte, den rechten Daumen zwischen das lederne Schultergehänge und seine Jacke aus rauher schottischer Wolle geschoben. Und da, als er schon fast vor dem großen, aus rötlichem Holz geschnitzten Ehebett stand, in dem er, als einziger Sohn, von seiner Mutter empfangen worden war und in dem er selbst, in den Jahren nach 1939, so selten mit seiner Frau geschlafen hatte, ergriff ihn zum zweitenmal an diesem Morgen ein sonderbares Gefühl von Absurdität. Ja, noch einmal war es ihm, als schiebe sich zwischen ihn und die Dinge, die er sah, eine dünne, transparente Glasscheibe. Die Dinge waren alle dort – und er stand hier und betrachtete sie voller Verwunderung.
Nives gähnte. Träge hob sie den nackten Arm und bedeckte den Mund mit dem Handrücken. Der goldene Trauring war halb begraben in dem fetten, wachsbleichen Fleisch ihrer Hand und kaum zu erkennen.
»Wie spät ist es?« fragte sie schließlich.
»Zwanzig Minuten vor fünf«, antwortete er und sah ihr dabei ins Gesicht. »Ich muß gehen.«
»Du lieber Gott! Und wer weiß, wie kalt es heute ist! Ist es kalt?«
»Nein, nicht sehr. Ich glaube, es wird regnen.«

»Nimm dir ja deinen Tarnregenmantel mit, Edgardo!«
»Er liegt schon im Wagen.«
»Auch deine langen Gummistiefel?«
»Ja, die auch.«
Sie sahen sich in die Augen, während sie miteinander sprachen. Er stand, mit den Händen auf das Geländer des Bettes gestützt, und Nives lag wie immer auf ihrer Seite des Bettes, der rechten. Aber — dies war klar – was sie sagten, war völlig unwichtig. Auch ihr diente es nur dazu, Zeit zu gewinnen. Auch sie prüfte, erwog und überlegte.
»Ich kann einfach nicht verstehen, was für ein Vergnügen es sein soll, im Winter auf die Jagd zu gehen«, sagte Nives. »Noch dazu in diesen Tagen zwischen Weihnachten und Neujahr! Willst du durchaus mit einer Lungenentzündung nach Hause kommen?«
»Aber nicht doch, wieso denn? Man muß sich nur warm anziehen.«
»Hast du wenigstens wollenes Unterzeug angezogen?«
»Ja. Dafür hat Mama gesorgt. Sie hatte mir alles zurechtgelegt.«
Er hatte sich nichts bei diesen Worten gedacht; das hätte er beschwören können. Aber Nives zog ein Gesicht.
»Weil deine Mutter immer für dich sorgen will, hätte ich es für unhöflich gehalten, wenn ich ihr zuvorgekommen wäre«, erklärte sie und nickte dazu mehr-

mals mit dem Kopf, der voller Lockenwickel steckte.
Glücklicherweise wechselte sie gleich wieder den Ton.
»Wie kann man nur fünf, sechs Stunden hintereinander im Wasser bleiben? Herrgott, du mußt doch einmal daran denken, daß du kein junger Mann mehr bist! Bei dem bloßen Gedanken überläuft es mich eiskalt. Brrr.«
Sie sah ihn lachend an, mit den kleinen grauen, ausdruckslosen Augen blinzelnd. Und als er da so stand und neugierig ihre Augen musterte und darauf die Nase – sie war kurz und gebogen wie der Schnabel eines Raubvogels –, schließlich den Mund mit der fast unsichtbaren dünnen Oberlippe und der dicken aufgeworfenen Unterlippe (ein Mund, von unten nach oben gesehen, ein verkehrter Mund, wie er fand), da wurde sein Erstaunen immer größer. Zwar war er sich vollkommen klar darüber, wie es dazu gekommen war, daß diese Frau vom Lande, zwischen dreißig und vierzig Jahren alt, seine Frau geworden war – und ob er sich klar war! Doch zugleich konnte er es nicht fassen, daß es wirklich so war, wenn er hörte, wie sie da vor ihm die Dame der feinsten Gesellschaft der Stadt spielte, die noch nie einen Fuß aufs flache Land gesetzt hatte, von der Bassa ganz zu schweigen. Das war seine Nives? Wie hieß sie noch mit ihrem – also: Familiennamen? Ach ja: Pimpinati. Nives Pimpinati.
»Wann kommst du heute abend zurück?«

»Ich weiß nicht. Nach fünf.«
»Besuchst du auch *deinen* Vetter?«
Natürlich war nichts dabei, daß sie ihm eine solche Frage stellte. Denn daß er sich nach beinahe zehn Jahren endlich entschlossen hatte, die Beziehungen zu Ulderico wiederaufzunehmen (wenn auch zunächst nur telefonisch und unter dem Vorwand, ob er ihm nicht jemanden nennen könne, der bereit wäre, ihn zur Jagd in den Valli im Boot zu begleiten – aber das Eis war jedenfalls damit gebrochen), war gewiß kein Geheimnis geblieben! Immerhin mußte ihr die Frage doch in gewisser Hinsicht gewagt und taktlos erschienen sein. Zwar tat sie so, als messe sie dieser Frage kein Gewicht bei, aber er kannte sie zu gut: Wer weiß, was ihr jetzt so durch den Kopf ging. Der arme Ulderico! Wahrscheinlich konnte sie es ihm noch immer nicht verzeihen, daß er 1939 alles getan hatte, um ihm von der Heirat mit ihr abzuraten ...
»Ich weiß nicht«, antwortete er. »Vielleicht.«
»Und wie machst du es mit dem Essen? Wo willst du essen?«
»Keine Ahnung. Vielleicht in Caneviè ... Oder in Codigoro, wie gewöhnlich im *Bosco Elìceo*. Groß ist die Auswahl ja nicht.«
Sie rümpfte die Nase.
»Bei diesem alten Faschisten Bellagamba?« fragte sie. »Entschuldige bitte, aber dann kannst du doch besser zum Essen zu uns aufs Gut gehen. Du könntest dir von der Frau von Benazzi etwas machen las-

sen: einen Teller Pasta asciutta, ein Stück Fleisch ... Schließlich«, fuhr sie fort, und in ihre Augen kam ein Ausdruck von Härte, und sie sprach nun, als beträfe die Sache sie persönlich, ja weit mehr sie als ihn, »schließlich gehört ja die Montina, wenn ich nicht irre, immer noch uns!«

Worauf wollte sie wohl hinaus?

»Ich weiß, daß ich das könnte«, antwortete er, mit einem gewissen Unbehagen, und wandte den Blick ab. »Aber wenn ich vielleicht erst um drei Uhr dort hinkomme, oder halb drei, oder vier Uhr, was auch möglich ist, so wären das zu viel Umstände. Für alle Beteiligten. Da esse ich lieber irgendwo unterwegs. Ich werde schon etwas finden!«

»Wie du willst«, gab sie nach und lächelte mit zusammengepreßten Lippen. »Du mußt ja selber wissen, was du zu tun hast. Trotzdem: Weißt du was? Die Genugtuung, mich von Zeit zu Zeit da draußen, in der Montina, sehen zu lassen, meinetwegen in Begleitung von irgend jemandem, die würde ich mir an deiner Stelle nicht entgehen lassen. Alles schön und gut soweit. Aber weil du immer nur Rücksicht nimmst, weil du nicht stören möchtest, wird das Ende vom Lied sein, daß sich die da allmählich unser Gut aneignen. Und das ohne jeden Streit, du wirst sehen.«

Es gab nur zwei Möglichkeiten. Entweder wußte sie nicht, was ihm im April in der Montina widerfahren war, und in diesem Fall hatte sie mit ihrem *die da* ganz allgemein die Tausende und aber Tausende von Pimpinatis, Benazzis, Callegaris, Callegarinis, Patrignanis, Tagliatis und so fort im ganzen Delta zwischen Ferrara und der Küste gemeint, unter denen es seit mehr als einem Jahr gärte und die immer wieder neue Forderungen an die Grundbesitzer stellten. Oder aber sie wußte Bescheid, und dann bedeuteten ihre Worte die Aufforderung an ihn zu sprechen, sich ihr zu eröffnen und ihr seine Sorgen anzuvertrauen.

Aber gerade diese Aussicht erfüllte ihn plötzlich mit einigem Schrecken. Sich Nives anvertrauen! Und was hätte er ihr eigentlich sagen sollen?

»Hör dir einmal an, was mir gestern abend Ragionier Prearo gesagt hat«, fuhr Nives fort. »Folgendes hat er mir erzählt ...«

»Darum geht es ja nicht«, unterbrach er sie. »Aber ich möchte nicht gern noch zehn Kilometer weiter fahren müssen. Und wenn es regnet, riskiere ich obendrein, im Schlamm steckenzubleiben.«

Mit einer jähen Bewegung richtete er sich auf, trat vom Bett und wandte sich zum Gehen.

»Wenn du noch nach fünf unterwegs bist, dann gib auf den Nebel acht, hörst du?« rief sie ihm mit lauter Stimme nach.

Er drehte sich kaum um, mit einer Handbewegung, die sie mahnen sollte, nicht solchen Lärm zu machen.

»Schon gut. Ja, ich habe verstanden.«

Seitdem sie allein schlief, hatte sie sich nach eigenem Geschmack eingerichtet. Auf ihrem Nachttisch standen neben einem Bild der Hilfreichen Madonna, der die Hauptkirche von Codigoro geweiht war, ein kleiner Radioapparat, ihr Nähkorb, die Fotografien ihrer Eltern und ein Kartenspiel. – Warum, fragte er sich im Hinausgehen, lebten sie noch zusammen, warum trennten sie sich nicht endlich?

Draußen, auf dem Korridor, blieb er wieder einen Augenblick unschlüssig vor der Browning stehen. Er sah auf die Uhr (eine goldene Armbanduhr, eine Vacheron Constantin – auch sie ein Andenken aus der Schweiz): Es war vier Uhr achtundfünfzig. Spät, sehr spät, sagte er sich, und trotzdem ...

Und plötzlich zog er eine elektrische Taschenlampe aus der Jackentasche, ließ das Gewehr am Fenstergriff hängen und ging auf das Zimmer seines Töchterchens zu.

Er löschte das Licht auf dem Gang und knipste seine Taschenlampe an; dann drückte er die Klinke nieder und trat leise und behutsam in das Zimmer. Ja, sich trennen – dachte er, während er sich auf Zehenspitzen in dem vagen Geruch von Talkpuder, Schulheften, Kreide und Bohnerwachs, der immer in diesem Zimmer hing, voranbewegte –, Trennung, das war leicht gesagt. Aber praktisch gesprochen: Wie erreichte man sie? Was würde sie, allein an Anwaltshonoraren, kosten? Nicht gerade wenig. Und wie wollte er, der doch zum Habenichts geworden war, die nötigen Summen aufbringen? *Schließlich gehört, wenn ich nicht irre, die Montina immer noch uns,* hatte Nives gerade gesagt und dabei die Worte *irre* und *uns* besonders betont. Wirklich, sie hätte nichts sagen können, was ihn lebhafter daran erinnerte, wie die Dinge tatsächlich lagen.

Aber abgesehen davon – was würde aus Rory werden?

Vor ihrem kleinen Bett blieb er stehen. Fast ohne zu atmen, während ihm das Herz bis zum Halse schlug, richtete er den Strahl seiner Taschenlampe erst auf den kleinen Weihnachtsbaum, der in einem Topf neben dem Kopfende ihres Bettes stand, dann auf ihren kleinen Körper unter der Decke aus weicher rosa Angorawolle. Er fing bei der winzigen Wölbung der Bettdecke am Fußende an und lenkte dann den Lichtstrahl langsam weiter nach oben, bis zu den Schultern und der unteren Gesichtshälfte. Als er Rory betrachtete, immer wieder überrascht, sie so schön, so lebendig und so kräftig zu finden (doch: Ihr Gesicht hatte eine gewisse Ähnlichkeit mit seinem eigenen, besonders die Augen – nur daß sie größer waren, sie hatte so große Augen! – und dann die Zeichnung des Mundes), überkam ihn auf einmal eine tiefe Beklommenheit, eine unsagbare Verzweiflung, für die es kein Heilmittel gab. Er wußte nicht, warum. Es war, als habe sich jemand plötzlich, schweigend, auf ihn gestürzt; als habe ihn ein wildes Tier gepackt.

Er beugte sich über das kleine Mädchen und drückte leicht die Lippen auf seine Stirn. Dann verließ er wieder das Zimmer und trat zum drittenmal auf den Korridor hinaus. Er drehte den Lichtschalter und blickte auf die Uhr. Es war fünf Uhr fünf. Er nahm die Flinte vom Fenstergriff herunter, hängte sie sich über die linke Schulter und machte sich auf den Weg. Wenige Sekunden später stieg er, mit dem Gefühl, sich in einen Brunnen fallen zu lassen, die große dunkle spiralförmige Treppe hinab, die zum Hausflur führte.

3

Es war kalt im Hausflur — eine feuchte tückische Kälte, bei der man an Brunnen und Keller dachte. Durch die Haustür, die Romeo bereits, Gott weiß warum, weit aufgemacht hatte, fuhr der Wind in Stößen und brachte den kleinen schwarzen schmiedeeisernen Kronleuchter an der dunklen getäfelten Decke gefährlich zum Schaukeln.
Der Hausmeister stand bewegungslos in der Tür und blickte, wie es schien, mit gespannter Aufmerksamkeit auf das Haus gegenüber, das vom Flur aus unsichtbar blieb. Beunruhigt musterte er den Hausmeister. Was gab es da zu beobachten? Mit seinen runden Schultern – fast war es ein Buckel –, die er ihm hartnäckig zugewandt hielt (als wollte er strei-

ken), schien er nicht nur seine Anwesenheit nicht bemerkt, sondern auch vergessen zu haben, daß er vor dem Aufbruch noch seinen Kaffee haben mußte und daß der Motor wie sonst auch, besonders aber im Winter, langsam, ohne Überstürzung, erst warmlaufen sollte.

Mitten im Hausflur stand, melancholisch-vertraut, seine alte dunkelblaue Aprilia, mit dem Kühler zur halboffenen Gittertür, die auf den Hof führte. Er ging um den Wagen herum und legte die Waffen auf der Truhe ab, die an der dem Treppenhaus gegenüberliegenden Wand stand; dann ging er zum Wagen zurück, öffnete die rechte Tür und setzte sich ans Steuer. Während er sich abmühte, den Motor in Gang zu bringen (der Anlasser wollte nicht gleich funktionieren, was natürlich an der Kälte lag, aber auch an der Batterie, die einfach zu alt war – wie der ganze Rest), wandte er nicht den Blick von Romeo, den er, eine starre, rätselhafte Gestalt, im Rückspiegel beobachtete. Seit fast dreißig Jahren, in denen Romeo seinen morgendlichen Aufbrüchen zur Fahrt aufs Land beiwohnte, hatte er sich noch nie so benommen. Hatte er sich plötzlich geärgert, daß er wieder wie einst noch vor Morgengrauen aufstehen mußte, noch dazu an einem Sonntag? Wollte er ihm das zu verstehen geben? Heutzutage war alles möglich. Dies hier war jedenfalls wieder etwas Neues und nicht besonders Angenehmes.

Endlich, nach einigem Stottern, sprang der Motor an. Behindert durch die Patronentasche, die er um den Leib gebunden trug, beugte er sich mühsam vor und suchte unter dem Armaturenbrett den Gashebel. Als er sich wieder aufrichtete, fand er sich zu seiner Überraschung Auge in Auge mit Romeo. Da stand er vor der Wagentür, leicht gebeugt, als habe er sich vor ihm verbeugt, und sah ihn an, mit einem Blick unter den schweren Lidern hervor, dem Blick einer alten Schildkröte.

»Kommen Sie herein, um Ihren Kaffee zu trinken?« fragte er leise.

Er kannte doch den Charakter dieses Mannes durch und durch: Er war rauh, gelegentlich sogar mürrisch, aber von einer Anhänglichkeit und Treue, die jede Probe bestanden hatten. Es war also nicht nur ganz klar – und ihm wurde weit ums Herz, so erleichtert fühlte er sich –, daß Romeo nicht den geringsten Groll gegen ihn hegte, sondern mehr noch: Aus dem unbestimmten Ausdruck von Vergnügen, der um seine Augen zuckte, entnahm er – mochte seine Miene auch beherrscht und gleichmütig wie je sein –, wie froh und zufrieden er insgeheim war, daß er nach so langen Jahren das erste Mal wieder auf die Jagd ging.

Er kletterte aus dem Wagen.

»Ist er schon fertig?« fragte er.

Romeo nickte. Mit einer Bewegung des Kinns auf die beiden Jagdgewehre weisend, fragte er, ob er sie im Kofferraum unterbringen solle.

»Wenn Sie mir den Wagenschlüssel geben, packe ich Ihnen das alles in den Kofferraum.«

»Das ist nicht nötig«, antwortete er, bemüht, den kühlen Ton und die gemessene Haltung zu wahren, die seit seiner Kindheit ihre Beziehung charakterisierten. »Legen Sie lieber alles auf den Rücksitz. Auch das hier, bitte.«

Er entledigte sich seiner Patronentasche und hängte sie ihm mit dem Riemen über den Arm; dann ging er mit raschen Schritten auf den Lichtschein zu, der durch den Türspalt drang.

Die Wohnung der Manzolis bestand aus drei ineinandergehenden Räumen, die alle in einer Reihe lagen: am einen Ende die Küche mit dem Fenster zum Hof hinaus, am anderen das Schlafzimmer, das auf die Via Mentana ging; dazwischen ein sehr geräumiges Zimmer, das die beiden Alten, nachdem sich ihre Tochter Irma verheiratet hatte und nicht mehr bei ihnen wohnte, mit hochglanzpolierten Serienmöbeln vollgestellt hatten, ohne es praktisch je zu benutzen. Seit jenem Vorfall in der Montina im April war es immer dasselbe gewesen: Er brauchte nur den Fuß in die Wohnung des Hausmeisters zu setzen – zumal in die Küche, die so sauber und ordentlich, so hell und, nicht zuletzt, so gut durchwärmt war von den glühenden Herdplatten –, und mit einem Schlag hob sich seine Stimmung. So war es auch diesmal. Hier, so stellte er, plötzlich wieder guten Muts, fest, konnte man es sich wohl sein lassen, hier war er wirklich und wahrhaftig zu Hause! Auf die Manzolis konnte er sich verlassen!

Er setzte sich an den Tisch und begann, langsam den kochendheißen Kaffee aus der für ihn reservierten henkellosen Schale zu schlürfen (seinem Tassenkopf, wie Romeo sie nannte, der übrigens selbst, wie er vor einiger Zeit ausdrücklich erklärt hatte, nur von Espresso lebte). Imelde indessen, das spitze Gesicht halb verborgen in den Falten ihres schwarzen Kopftuchs, wie es die Bauernfrauen im Delta trugen, hantierte eifrig weiter.
Über den Rand seiner Kaffeeschale hinweg verfolgte er aufmerksam jede ihrer Bewegungen.
Weder sie noch Romeo konnten Nives leiden. Mehr oder weniger unverhüllt mißbilligten sie alles an ihr, und diese Mißbilligung und Ablehnung erstreckte sich auch auf Ragionier Prearo, die Köchin Elsa und sogar auf Rory, mit anderen Worten auf alles und jeden, der *nach* dem Jahre 1938 in das Haus in der Via Mentana, Nummer zwei, gekommen war. Wenn sie von Nives sprachen, nannten sie nie ihren Namen; sie bezeichneten sie ihm gegenüber regelmäßig als *Ihre Frau*, während die wahre, die einzige Herrin des Hauses die Signora Erminia, seine Mutter, blieb und Lilla, der dreijährige Zwergpudel, der seiner Mutter sogar im Bett Gesellschaft leisten durfte, das einzige Baby im Hause, das man nach Strich und Faden verwöhnen mußte. An Nives aber ließen sie nichts Gutes. Er brauchte nur auf einen Augenblick zu ihnen hereinzukommen, und schon begannen sie mit den üblichen Beschwerden.

Vor kurzem zum Beispiel hatten sie ihm von der Angewohnheit seiner Frau berichtet, von der Einrichtung der Sprechanlage keinen Gebrauch mehr zu machen, sobald er nicht im Hause war. Das bedeutete, daß aus kleinstem Anlaß sie oder Elsa an einem der Hoffenster erschienen und sich, was sie sich mitzuteilen hatten, mit einer Lautstärke zuschrien, daß es selbst auf dem Hof der großen Mietskaserne in der Via Mortara nicht lauter zugehen konnte . . . Und jetzt? fragte er sich und senkte die Lider, als könnte er dadurch leichter aus dem unendlichen Vorrat seiner Geduld schöpfen. Was würde er also jetzt über seine Frau zu hören bekommen? Sicher hatte Imelde etwas auf dem Herzen.

Er schlug die Augen wieder auf.

»Was gibt es denn?« fragte er.

Aber er hatte sich wieder geirrt; auch diesmal hatte er falsch vermutet. Imelde hatte rotgeweinte Augen und führte fortwährend das Taschentuch an ihre Nase; aber auf seine Frage schüttelte sie nur den Kopf und konnte sich nicht entschließen zu sprechen. Aber kaum trat Romeo vom Hausflur aus in die Küche, als sie plötzlich begann, einen gewissen William laut zu verwünschen, *diesen Tagedieb und Kommunisten*, der zwar sein Diplom als Elektrotechniker gemacht, aber keine Lust zur Arbeit hatte und alles Geld im Bordell verjubelte. Er lebte mit seiner Frau praktisch auf ihre Kosten, auf Kosten ihrer armen alten Eltern!

»Wer ist dieser William?« fragte er Romeo.
»Irmas Mann«, antwortete er lakonisch und beugte den Kopf, so daß das Licht auf sein silbernes Haar fiel.
Einen Augenblick verstand er nichts. Es war, als wolle sich ihm das Gedächtnis versagen, um so seine Ruhe zu verteidigen. Aber dann kam die Erinnerung.
Richtig, der Mann, der ihre Tochter geheiratet hatte. Wie konnte er das nur vergessen haben?
Es war ein junger Mann von etwa fünfundzwanzig Jahren, erinnerte er sich – schmächtig, schmutzigblond, von gewandter Ausdrucksweise und guten Manieren; es war noch nicht lange her, daß er ihn ziemlich häufig zwischen Hof und Hausflur herumlaufen sah, und daß sich der junge Mann einmal sogar nicht nur erboten hatte, ihm das Auto zu waschen, sondern sich auch geweigert hatte, irgend etwas dafür anzunehmen. Kommunist? Das konnte sehr gut stimmen. Um auf diesen Verdacht zu kommen, brauchte man sich nur sein Gesicht mit den hageren, bleichen Wangen anzusehen, das wie verzehrt schien von einer Art Gier und weiß Gott welchem geheimen Groll. Und man brauchte ihm nur zuzuhören, wie er sich in seinem Radio-Italienisch ausdrückte, glatt und ungezwungen, gewiß, aber auch wenig vertrauenerweckend. Das Erstaunliche aber war, daß gerade Irma, ein so sanftes, feines und anständiges Mädchen, das in der Nähschule der Schwestern der Via Borgo di Sotto erzogen worden

war und das rot wurde, sobald jemand, ich sage nicht, das Wort an sie richtete, sondern ihr nur auf der Straße begegnete und sie grüßte – daß gerade sie sich von einem Menschen dieses Schlages hatte betören lassen.

Und jetzt war Irma im sechsten Monat, wie ihm Imelde erklärte, und trotzdem mußte sie ihrem Nichtsnutz von Mann das Geld für sein ausschweifendes Leben besorgen, indem sie von früh bis spät als Hausschneiderin arbeitete ...

Obwohl er sich immer unbehaglicher fühlte, blieb er auf seinem Platz sitzen und konnte sich nicht zum Aufbruch entschließen. Er sah auf die Uhr: fünf Uhr fünfunddreißig. Ulderico hatte sich am Telefon sehr bestimmt ausgedrückt: Der Mann, den er ihm als Jagdbegleiter vermittelt hatte und der ihn im Boot von Lungari di Rottagrande bis zu seiner Tonne bringen sollte (ein gewisser Gavino, wenn er richtig verstanden hatte), würde ab sechs Uhr fünfzehn in Volano auf ihn warten, vor dem Tuffanelli-Haus. – Fünf Uhr fünfunddreißig. Es war ausgeschlossen, daß er die Verabredung um viertel nach sechs einhalten konnte. Nicht vor halb, spätestens dreiviertel sieben würde er da sein. Zu schweigen davon, daß man, soweit er sich erinnern konnte, vom Tuffanelli-Haus bis Lungari di Rottagrande wenigstens zu einem Drittel um die Valle Nuova herumfahren mußte, was noch eine gute halbe Stunde mehr bedeutete. Kurz und gut, wenn alles glattging, konnte er frühestens viertel nach sieben oder halb acht in die Tonne steigen, das hieß, bei hellem Tageslicht. Aber auch das nur unter der Voraussetzung, daß er unverzüglich aufbrach.

Er blickte wieder auf die Uhr, um sich selbst zur Eile anzutreiben und die Kraft zum Aufbruch zu finden. Umsonst. Eine unsägliche Trägheit, die stärker war als jede Willensanstrengung, hielt ihn auf dem strohgeflochtenen Küchenstuhl, als sei er an ihn festgebunden. Wenn er doch, allem zum Trotz, hier in der behaglichen Wärme der Hausmeisterwohnung bis zum Abend bleiben dürfte, ohne daß es jemand im Hause oder überhaupt jemand wußte! Dafür hätte er alles gegeben.

Er hob den Kopf und sah Imelde an.

»Aber nun erklären Sie mir doch einmal«, sagte er, »warum Ihr Schwiegersohn nicht arbeiten will.«

Imelde zuckte die Achseln. »Was weiß ich«, sagte sie. Nur etwas wisse sie genau, fuhr sie fort, daß ihr Schwiegersohn den ganzen Tag im Bett liege, und wenn ihre Tochter es sich etwa herausnehmen sollte, ihm deshalb Vorwürfe zu machen, er imstande wäre, sie zu prügeln, dieser Spitzbube von einem Kommunisten!

Dies sei die Wahrheit, beteuerte sie. Dafür bürgten ihnen allein die Gesichter der beiden, von kaum zurückgehaltener Wut verzerrt das seine, und erst recht das Gesicht ihrer Tochter mit den Augen der Frau, die zum Opfer bestimmt ist – und damit vielleicht obendrein insgeheim einverstanden ist.

Verwirrt machte er Anstalten aufzustehen.

»Wenn er nicht arbeitet«, gab er zu bedenken, »ist der Grund vielleicht, daß er keine Arbeit findet.«
»Ach was«, mischte sich Romeo ein und schüttelte den Kopf. »Er hat einfach keine Lust, etwas zu tun.«
»Aber warum lassen Sie dann nicht Ihre Tochter –« und damit wandte er sich an Imelde, »wieder zu Ihnen kommen?«
Imelde seufzte. Sie habe es ihrer Tochter unzählige Male vorgeschlagen, sagte sie. Aber Irma sei hart, härter als Stein. Sie wollte nicht einmal davon reden hören.
»Sie ist verliebt«, schloß sie und verzog die dünnen Lippen zu einer Grimasse der Verachtung.
Verliebt, selbstverständlich – wie er übrigens bereits vorher verstanden hatte. Und jetzt war auch die Küche der Manzolis plötzlich unbewohnbar für ihn geworden, auch sie ein Ort, den er zu räumen hatte. Und das sofort.
In dem Schweigen, das den letzten Worten Imeldes folgte (vom Hausflur drang durch die Mauern nur gedämpft das Brummen des Motors seiner Aprilia), blickte er wieder auf die Uhr. Fünf Uhr zweiundfünfzig.
»Na, dann wollen wir mal«, sagte er, umklammerte mit beiden Händen die Tischkante, richtete sich auf und machte die ersten Schritte. Und als Imelde ihm nachkam und ihn anflehte, doch irgend etwas für ihre Irma zu tun (wenn er vielleicht ihren Schwiegersohn einmal zu sich bestellte und ein Wort mit

ihm redete – wer weiß, ob der *Unglücksmensch* dann nicht doch zur Einsicht kam und sein Leben änderte?), antwortete er nur mit einem *mal sehen*, das, wie er selbst am besten wußte, überhaupt nichts bedeutete.

Diesen Kerl sollte er zu sich bestellen, fragte er sich, während er auf den Hausflur trat und auf seinen Wagen zuging, und ein Wort mit ihm reden? Wenn er sich vorstellte, er sollte sich mit dem jungen Elektriker mit dem totenblassen Gesicht unterhalten, überkam ihn eine Art Widerwille. Ein Widerwille, in den sich Furcht mischte.

Er setzte sich ans Steuer, schaltete die Scheinwerfer ein und fuhr im Rückwärtsgang aus dem Hausflur. Mit einer winkenden Bewegung der Hand den respektvollen Gruß Romeos erwidernd, der das Manöver Schritt für Schritt bis auf die Straße hinaus verfolgt hatte und ihn nun, das dünne Licht des Hausflurs im Rücken, vom Rand des Bürgersteigs her stumm ansah, wechselte er den Gang und fuhr los.

4

Er konnte es kaum erwarten, Codigoro hinter sich zu lassen. Während der ganzen Fahrt von der sogenannten Prospettiva, dem Triumphbogen auf

dem Corso Giovecca, bis zum Stadtrand von Codigoro hatte er die Augen fast nur auf die Straße vor sich gerichtet gehabt. In Volano wartete ja bereits der Mann mit dem Boot, also mußte er sich beeilen. Aber davon abgesehen, war es so, daß er erst wenn er über Codigoro und Pomposa hinausgekommen war und wenn sich im ungenauen Licht der Dämmerung nach und nach die verlassene Landschaft der Niederung abzeichnete, nur unterbrochen von ausgedehnten Flächen scheinbar stehender Gewässer – scheinbar, denn in Wirklichkeit standen sie mit dem Meer in Verbindung –, daß er erst dann sich wohl zu fühlen begann und wieder aufatmete.
Aber gerade, als er die Peripherie von Codigoro erreicht hatte und im Begriff stand, nach etwa hundert Metern in die glatte Umgehungsstraße einzubiegen, zwang ihn plötzlich ein jäher Schmerz in der Gürtelgegend, dem eine Sekunde zuvor ein leichtes Herzklopfen vorangegangen war, sich über das Steuerrad zu beugen.
»Ein Glück, daß es jetzt kommt«, brummte er vor sich hin, während er von unten mit zusammengekniffenen Augen durch die Windschutzscheibe auf die beiden Schornsteine der Zuckerfabrik Eridania sah und auf den nicht weit davon entfernten Schornstein der Pumpwerke des Consorzio Bonifiche.
Er kannte sich. Höchstens zehn Minuten würde er aushalten können, länger nicht. Würden sie genügen?

Im Licht der ersten, in weiten Abständen aufeinanderfolgenden Straßenlaternen, die im Wind heftig über dem ländlichen Kopfsteinpflaster schaukelten, blickte er auf die Uhr. Sechs Uhr vierzig. Um diese Zeit würden die beiden Cafés an der Piazza gewiß die Jalousien schon aufgezogen haben. Um so mehr ein Grund, zunächst auf die Weiterfahrt nach Volano zu verzichten und lieber hier, in Codigoro, haltzumachen. Wenn er es erst einmal geschafft hatte, bis zur Piazza zu kommen (eine Sache von zwei Minuten), dann war er gerettet.
Geradeaus fahrend, erreichte er in wenigen Augenblicken das Zentrum und die Piazza. Nirgends ein Licht – er sah es sofort, in seiner Erwartung enttäuscht, gewiß, und doch absurderweise zugleich mit einer Spur von Erleichterung – weder in den beiden gegenüberliegenden Cafés auf der rechten Seite noch in dem zehnstöckigen Gebäude des Nationalen Versicherungsinstituts, der INA, auf der anderen Seite, in dem Ulderico mit seiner Familie wohnte, noch in irgendeinem der anderen großen und kleinen Häuser an der Piazza. Alles geschlossen, alles dunkel. Nirgends eine Menschenseele.
Er fuhr auf die linke Seite des Platzes, um dort, vor dem großen Gebäude der früheren Casa del Fascio, aus der heute eine Kaserne der Carabinieri geworden war, zu parken. Er stellte den Motor ab, schaltete die Scheinwerfer aus, stieg aus und schloß in aller Ruhe die Wagentür ab. Codigoro. Die Piazza von Codigoro. Seit rund zehn Jahren, seit dem Jahr

1938, war er nicht mehr zu so früher Stunde hier gewesen. Aber einen so menschenleeren Platz hatte er, soweit er sich erinnern konnte, noch nie gesehen. Was hatte wohl eine solche Verlassenheit bewirkt? War es der kommunistische Terror, fragte er sich mit einem spöttischen Grinsen. Oder einfach Weihnachten?
Es war nicht kalt; und vom Wind war zumindest in dieser Ecke so gut wie nichts mehr zu merken. Seltsam – auch die Leibschmerzen hatten aufgehört. Aus dem Schatten des Laubengangs vor dem Versicherungsgebäude kam ein Hund, ein Pointer, nach seinem Gang zu urteilen. Er sah, wie er ins Freie kam und zur Mitte des Platzes hinlief (ja, es war ein alter Vorstehhund), wo er vor dem Denkmal für die Gefallenen des Ersten Weltkriegs haltmachte, gründlich am Sockel schnüffelte, bevor er das Bein hob, um dann in langsamem Trab nach rechts hin, in einer Gasse, zu verschwinden. – Und wenn er es bei Bellagamba versuchte, überlegte er, nun wieder allein auf dem Platz. Möglich, daß auch der *Bosco Elìceo* noch nicht geöffnet hatte, zugegeben. Andrerseits aber konnte er sich schlimmstenfalls an die Glocke hängen, da es ja immerhin auch ein Hotel war (wenn er auch persönlich dort noch nie übernachtet hatte; aber er hatte des öfteren gehört, daß es oben Zimmer für Gäste gab).
Er öffnete den Kofferraum, entnahm ihm eine graue Astrachanmütze (ein altes Stück, das er schon als junger Mensch getragen hatte, zur Jagd in den Valli

ebenso wie zum Skilaufen im Gebirge), die er sich nun auf den Kopf stülpte, und ging dann die etwa zwanzig Meter bis zur Ecke, die das einstige Parteihaus, die heutige Carabinieri-Kaserne, mit der nächsten Querstraße bildete. Er spähte zum *Bosco Elìceo* hinüber: Nein, er hatte sich nicht getäuscht, auch er war noch geschlossen. Also würde ihm tatsächlich nichts übrigbleiben, als so lange zu läuten, bis man ihm aufmachte. Denn hier haltmachen mußte er unter allen Umständen; also blieb ihm keine Wahl.

Aber als er dann vor den herabgelassenen Rolladen stand, über seinem Kopf das leuchtende Neonschild, da genügte die Vorstellung, plötzlich von Angesicht zu Angesicht Bellagamba gegenüberzustehen – es war ja keineswegs ausgeschlossen, daß er ihm selbst die Tür öffnete –, um ihn doch noch zurückzuhalten.

Er erinnerte sich an Bellagamba aus den Jahren 1938 und 1939, als er die Uniform eines Kaporals der faschistischen Miliz trug (Gino hieß er, wenn er sich nicht irrte, Gino Bellagamba), den Fes in den glattrasierten Stiernacken geschoben, so daß ihm die schwarze Quaste halb über den Rücken hing. Er erinnerte sich an seine Physiognomie: Man dachte an einen ländlichen Bramarbas, der dank den Ereignissen wieder in den aktiven Dienst eingestellt worden war. Fast den ganzen Tag stand er auf der Piazza, wie ein Wachhund, genau vor der Casa del Fascio. Er erinnerte sich der drohenden, verachtungsvollen

Blicke, mit denen er damals auch ihn bedacht hatte, weil er Jude war, weil er *unpolitisch* war und weil er Grundbesitzer war, wenn er auf dem Weg in die Montina durch Codigoro kam und das Pech hatte, ihm über den Weg zu laufen ... Nein, diesem Mann plötzlich gegenüberzustehen, mit dem er übrigens in seinem ganzen Leben noch nie ein Wort gewechselt hatte, und ihn *darum* bitten zu müssen – nämlich um die Erlaubnis, seine Toilette zu benutzen –, das würde alles andere als angenehm für ihn werden. Er war nahe daran – wenn es nur ein bißchen später wäre – kehrtzumachen und bei seinem Vetter Ulderico zu läuten.

Und wohin sonst hätte er gehen können? Und übrigens, lohnte es sich, offen gesagt, wirklich, es sich selbst so schwerzumachen? Er hatte es seinerzeit immer vermieden, die Mitgliedskarte der Faschistischen Partei zu erwerben (nicht, weil er je *dagegen* gewesen wäre, um die Wahrheit zu sagen, sondern nur so, aus jenem gewissen Zug seines Charakters heraus: dem Mangel an sozialem Empfinden); in dieser Hinsicht hatte er es anders gemacht als Ulderico, der es sich nicht zweimal hatte sagen lassen, als man ihm im Jahre 1932 die Mitgliedschaft anbot; er hatte sofort zugegriffen. Aber, wenn man es recht bedachte, waren die Faschisten von vor 1943 wirklich so viel schlechter als die Kommunisten von heute? Und die heutigen Gewerkschaften, eingerichtet als Zentren der Anmaßung und der Übergriffe gegen den, der etwas hatte, waren sie vielleicht besser als die faschistischen Organisationen? Im Falle Bellagambas allerdings stimmte vielleicht sogar, was Nives behauptete: daß er sich nach dem Zwischenspiel Badoglios zu den Faschisten von Salò geschlagen hatte. Durchaus möglich. Aber wenn selbst die Kommunisten, die heute die absoluten Herrscher von Codigoro waren, ihn in Ruhe ließen, warum sollte da ausgerechnet er Geschichten machen? Außerdem war es ja bekannt, daß Nives die Manie hatte, ihren Landsleuten eins auszuwischen. Dazu war ihr jede Gelegenheit recht...

Während er so noch dastand, unschlüssig, aber auch in Unruhe wegen der beiden Jagdgewehre, die er für jedermann sichtbar auf dem Rücksitz seines Autos hatte liegenlassen (vielleicht sollte er doch lieber sofort zurückgehen und die Flinten zusammen mit der Patronentasche in den Kofferraum schließen), glaubte er auf einmal, aus dem Innern des Lokals Geräusche zu hören. Es war ein Ächzen, Stöhnen und Knarren, als ob da drinnen jemand mit großer Anstrengung Möbel rückte.

Er wartete eine Pause ab; dann klopfte er bescheiden mit den Knöcheln an das Wellblech.

Eine Stimme fuhr ihn an, laut, zornig und doch zugleich auch Angst verratend:

»Wer ist da?«

»Ich«, antwortete er leise.

»Wer ist ich?«

Er zögerte. Er hörte da drinnen Schritte näher kommen, die schließlich stockten.

»Limentani«, sagte er.
»Wer?«
»Li-men-ta-ni«, wiederholte er, ohne die Stimme zu erheben und plötzlich verwundert über seinen eigenen Namen und darüber, wie fremd die Silben im Freien widerhallten.
Mit einem Ruck wurde der Rolladen hochgezogen. Es war wirklich Bellagamba; er erkannte ihn gleich; er war nur noch stärker, dicker und stierhafter geworden. Unter dem Unterhemd zeichnete sich seine Brust wie die einer Frau ab. Jäh von seinem alten Widerwillen gepackt, war er drauf und dran, sich umzudrehen und wieder zu gehen. Vielleicht war jetzt noch Zeit dazu.
Aber es war schon zu spät. Der andere riß die Augen auf (hellblaue Augen); er hatte ihn erkannt. »Das ist aber eine Überraschung!« erklärte er mit gedämpfter Stimme.
Er lächelte ihm zu, wie von der Freude übermannt, wobei er seine kleinen kräftigen Boxerzähne zeigte. »So eine Überraschung!« wiederholte er. »Aber wissen Sie, Herr Rechtsanwalt«, fuhr er flüsternd fort und blinzelte ihm, höflich beiseite tretend, komplicenhaft zu, »wissen Sie, daß Sie mir beinahe einen Schrecken eingejagt haben? Aber kommen Sie doch herein, ich bitte Sie! Es ist kalt draußen. Treten Sie näher!«
Alles hätte er erwartet, nur nicht diesen herzlichen und so wortreichen Empfang (merkwürdig: auch Bellagamba sprach wie jener William, der Mann

Irma Manzolis, ein gewandtes, flüssiges, korrektes Italienisch). Wie dem auch sei, er war darüber nicht glücklich. Fast wäre ihm ein schlechter, feindseliger Empfang noch lieber gewesen, bei dem es ihm überlassen geblieben wäre, dann die Rolle des großmütig Verzeihenden, des vornehmen Herrn zu spielen, der über gewisse Dinge hinwegsieht. Und was sollte diese Pose des Mitverschworenen, in der sich Bellagamba gefiel? Rechnete er etwa damit, er könne ihn, wenn er ihn erst einmal in seine Höhle gezogen hatte, dazu bewegen, mit ihm gemeinsam den schönen Zeiten des faschistischen *Imperiums* oder gar der Republik von Salò nachzuweinen? Sicher wußte auch Bellagamba so gut wie jeder andere in Codigoro genau, was ihm im vergangenen April in der Montina zugestoßen war. Aber wenn er sich jetzt vielleicht einbildete, er würde bei ihm seinem Herzen Luft machen, dann hatte er sich gründlich geirrt. Er hatte gegen niemanden etwas, und schon gar nichts gegen Bellagamba. Aber, wohlverstanden, keine plumpen Vertraulichkeiten!

Indessen war er eingetreten, übrigens mit dem Gefühl – vielleicht auch des ungemein starken Geruchs nach gebratenem Fisch wegen, der ihm schon auf der Schwelle schier den Atem benahm –, tatsächlich in eine Höhle zu kommen, in den Bau eines wilden Tieres. Er nahm seine Pelzmütze ab und sah sich um. Er befand sich in einem mittelgroßen saalartigen Raum, der in fast vollkommene Dunkelheit getaucht war. Nur an der dem Eingang gegenüber-

liegenden Seite verbreitete auf einer Art Katheder eine Tischlampe mit grünem Seidenschirm ein wenig Licht.
Das Katheder war freilich, wie er bald begriff, nur die Rezeption des Hotels; alles funkelnagelneu. Hinter dem Tisch, an der Wand, hingen an numerierten Haken, die in doppelter Reihe in der frisch gekalkten Wand angebracht waren, zehn oder zwölf Schlüssel. Mehr konnte er in dem schwachen Lichtschein nicht erkennen, aber es genügte ihm. Ihm genügte der Tisch der Rezeption mit den Schlüsseln an der Wand, um sich bewußt zu werden, wie wenig dieses Lokal, das der einstige Kaporal der faschistischen Miliz zu einem Restaurant und Hotel gemacht hatte, der anspruchslosen ländlichen Schenke glich, wie sie in seiner Erinnerung existierte.
Bellagamba war zurückgeblieben. Er hörte ihn leise fluchen: Der Rolladen wollte sich nicht wieder herunterziehen lassen. Dazwischen rief er ihm in Abständen zu, ja vorsichtig zu sein. Auf dem Fußboden stehe eine erst halb geöffnete Kiste mit etwas Schwerem darin – einer Schnellwaage; sie war gestern abend mit der Post aus Mailand gekommen. Er möge also aufpassen, daß er nicht darüber stolperte und sich weh tat.
Aber schließlich kam auch Bellagamba. Er ging an ihm vorbei, nicht ohne ihn versehentlich anzustoßen und ihn in dem Augenblick, in dem er ihn streifte, mit dem Geruch seiner Achselhöhlen zu belästigen.

Hinter der Bank der Rezeption drehte er einen neben den Schlüsseln befindlichen Schalter an. Dann saßen sie sich endlich bei dem nicht sehr hellen Licht einer großen Neonröhre, die in der Mitte der Decke angebracht war, gegenüber – er in einem kleinen Sessel aus Kunstleder und Bellagamba sozusagen in seinem Büro, die breite Kieferpartie wie halbiert von dem gelben Licht der Lampe auf der Tischplatte vor ihm.

Mehr denn je mit dem Gefühl, sich außerhalb der Welt zu befinden, wußte Edgardo nicht, wie beginnen. Irgend etwas zu sich zu nehmen, kam nicht in Frage. Er hatte das Empfinden, daß sich sein Magen wie eine Faust geschlossen hatte.

Doch Bellagamba kam ihm zu Hilfe.

»Aber was hat Sie«, fragte er in einschmeichelndem Ton und auf einmal in den Dialekt übergehend, wobei er die wasserhellen Augen halb schloß, »entschuldigen Sie, was hat Sie in diese Gegend verschlagen? Sind Sie vielleicht zur Jagd nach Codigoro gekommen?«

Angesichts seiner Kleidung erübrigte sich die Frage eigentlich. Aber der Ton, in dem sie gestellt worden war, einschmeichelnd und demütig – der Ton, in dem sich noch vor ein paar Jahren ein Bauer auf seinem Besitz an ihn hätte wenden können –, dieser Ton gab ihm ein Minimum an Selbstvertrauen zurück.

Er nickte.

»Ja«, bestätigte er dann. Tatsächlich sei er aus die-

sem Grunde gekommen – um ein paar Schüsse abzugeben. Aber ob er dazu noch kommen würde, fügte er in fragendem Ton hinzu und zweifelte plötzlich wirklich daran. Er habe sich verspätet, fuhr er fort. Um diese Zeit habe er längst in Volano sein wollen, ja schon um viertel nach sechs. Wohingegen es jetzt (und er schob mit einem Finger den Ärmel zurück und warf einen Blick auf seine Armbanduhr) bereits nach sieben sei.
Endlich entschloß er sich.
Mit einem suchenden Blick rundum stand er auf.
»Dürfte ich einen Augenblick die Toilette aufsuchen?« fragte er.

5

Vor ihm stand steil die Treppe.
Er stieg sie langsam, Stufe um Stufe hinauf, wobei er sich an dem glatten Handlauf des hölzernen Geländers festhielt und gleichzeitig den Blick fest auf den Absatz des ersten Stockes richtete, den er allmählich immer näher auf sich zukommen sah. Da oben konnte er durch eine Art offenen Bullauges in halber Höhe der Wand den Himmel sehen. Es war ein dunkler Himmel, über den schwere Wolken jagten. Es wurde Tag.

Auf dem Treppenabsatz angelangt, blieb er einen Augenblick stehen, um Atem zu schöpfen. Nach rechts und links zweigten kurze, schwach erhellte Flure ab; die Zimmertüren waren ohne Ausnahme geschlossen. Vor einer der Türen – es war die letzte auf dem rechten Korridor – stand ein einsames Paar Herrenschuhe...

Bellagamba hatte wirklich alles in großem Stil getan, dachte er, mit einem Blick auf die Schuhe vor der Tür; er hatte keine Ausgaben gescheut. Aber war das so erstaunlich? Geld war ja genug im Umlauf, und ob! Für alle. Die einzigen, die sich heute nein sagen lassen mußten, nein und abermals nein, die einzigen, die an den Stromkreis der Bankkredite nicht angeschlossen waren, das waren die paar Landwirte alten Stils, die noch übriggeblieben waren und die sich, aus welchen Gründen auch immer, mit Klauen und Zähnen an ihren gewohnten Weizen oder Hanf oder ihre Zuckerrüben klammerten und daher, mit oder ohne Kommunismus, dazu verurteilt waren, in Kürze zu verschwinden, von der Entwicklung weggefegt zu werden. Zugegeben, ein anderer an seiner Stelle würde vielleicht auf Nives und Ragionier Prearo gehört haben, die schon seit geraumer Zeit keine Gelegenheit vorübergehen ließen, ihm begreiflich zu machen, daß es endlich an der Zeit sei, sich zu entschließen, mit den traditionellen Kulturen Schluß zu machen, die fast zu einem reinen Verlustgeschäft geworden waren, und statt dessen wie so viele Landwirte, wie die meisten heute, ausschließlich Obst anzubauen. Ein anderer an seiner Stelle wäre eines schönen Tages, allen kommunistischen Drohungen zum Trotz, unter dem Schutz einer Carabinieri-Eskorte auf der Montina erschienen und hätte allen dort gekündigt, angefangen mit diesem Faulpelz von Benazzi, dem Gutsverwalter, bis zum letzten Tagelöhner und Ochsenhirten. Ein anderer. Aber nicht er. Er gab ja den Banken recht, einschließlich der Landwirtschaftskasse von Ferrara, die jedem, der wollte, sogar einem Bellagamba, bereitwilligst eine Finanzierungshilfe anbot, nur nicht gewissen *Relikten der Vergangenheit*, eine Bezeichnung, die man sogar in Blättern, die der Regierung nahestanden, von der Art des *Giornale dell'Emilia*, lesen konnte. Nein, er brauchte nur an sich als Landwirt zu denken, um auf jedes Projekt solcher Art von vornherein zu verzichten und einzusehen, wie überlebt er war.

Unterdessen war er ein Stockwerk höher gestiegen. Da diese Treppe durch ein Zwischenpodest unterbrochen war, hatte es ihn weniger Mühe gekostet, sie zu erklimmen. Nun machte er sich an die Treppe zum dritten Stock, die wieder steiler war. Endlich, ohne den Blick von dem Bullauge zu lassen, das dem vom ersten Stock entsprach, war er oben, im obersten Stockwerk also, angelangt.

Auch hier wieder die leeren, halbdunklen Korridore mit der Reihe der geschlossenen Zimmertüren. Auf der rechten Seite von der Treppe aus, ein wenig zurückliegend, fand er sogleich die Tür, die er suchte.

Bellagamba hatte ihm genau Bescheid gesagt. »Sie werden es gleich finden; es steht auch über der Tür«, hatte er bemerkt und ihn, als ob er darauf Wert lege, bei ihm einen guten Eindruck zu machen, unter keinen Umständen das WC im Erdgeschoß benutzen lassen, vielmehr darauf bestanden, daß er die einzige Toilette im Hause aufsuchte, die er für würdig hielt, von einem so angesehenen Gast betreten zu werden. Das war denn auch der Fall. Die strohgelb gestrichene Tür zeigte in dreiviertel Höhe ein Emailleschild mit der Aufschrift BAD. Es sah übrigens, wie er fand, beinahe wie die Miniaturausgabe eines Straßenschildes aus, eines von den alten, aus der Zeit vor dem Ersten Weltkrieg, die heute so selten wie ein weißer Rabe waren. Das Blau der schmalen, langgezogenen Majuskeln war das gleiche wie bei der sie umrahmenden dünnen Arabeske: ein tiefes, ins Schwarze spielendes Blau.

Er trat ein.

Noch bevor er das Licht einschaltete, erkannte er, daß es sich hier tatsächlich um ein Badezimmer handelte, denn es enthielt außer dem Klosett, einem Waschbecken, über dem ein Spiegel hing, und einem Bidet mit zwei Wasserhähnen auch eine rechteckige gußeiserne Badewanne.

Das WC befand sich hinter der Wanne und dicht neben dem Fenster. Er trat näher und musterte den Deckel, dessen gelblich-helles Holz noch Spuren weißer Lackfarbe zeigte; mit dem Fuß klappte er ihn hoch. Nachdem er sich seiner Jacke und der

Pelzmütze entledigt hatte, die er beide über den Fenstergriff hängte, knöpfte er seine Hose und die beiden Unterhosen auf, ließ sie herunter und setzte sich unmittelbar auf den kalten Rand des Beckens. Und wieder: nichts; sein Bauch wollte offenbar von Entleerung nichts wissen. Trotz aller Anstrengung fühlte er, daß er es auch diesmal nicht schaffte; in jedem Fall würde das Resultat äußerst dürftig sein. Auf dem niedrigen Fensterbrett, vielleicht einen Meter von seinem Arm entfernt, lag ein Stapel von rechteckigen Blättern aus Zeitungspapier, vollkommen gleichmäßig geschnitten und beschwert von einem flachen braunen porösen Stein. Er streckte die Hand aus und zog unter dem Stein das zuoberst liegende Blatt hervor. Es mußte von einer mehrere Monate alten Zeitung stammen, dachte er, als er das vergilbte Papier sah. Vielleicht war es eine alte Nummer des *Giornale dell'Emilia.* SPERI IN NEW YORK lautete eine Schlagzeile. Er versuchte, sich zu erinnern, wann De Gasperi in Amerika gewesen war, um mit Truman und Marshall zu sprechen. War es April oder Mai gewesen? Oder noch früher? Ja, es mußte früher gewesen sein. Die Kommunisten waren erst nach der Mai-Krise von der Regierung in Acht und Bann getan worden. Und die Krise, die letzte in einer ganzen Reihe, war – dessen entsann er sich genau – zu einer Zeit ausgebrochen, als De Gasperi schon eine Weile von seiner Amerika-Reise zurück war. Im Januar also? Oder Februar?

Er nahm auf gut Glück noch mehrere dieser Ausschnitte zur Hand, und bei keinem war es ihm möglich, die Herkunft festzustellen. Jedenfalls stammten sie nicht alle von derselben Zeitung und waren auch nicht alle vom gleichen Tag.

Eine Überschrift lautete: ENNI UND TOGLIATTI GREIFEN DIE REGIE; eine andere: IESSEN JÜDISCHES BLUT – IM HEUTIGEN POLEN.

Er versuchte, den unter dieser Überschrift stehenden Artikel, der über zwei Spalten ging, zu lesen, soweit er vorhanden war.

Es handelte sich um einen Korrespondentenbericht aus Krakau. Wenn man dem Verfasser glaubte, dann dauerten im *roten* Polen von 1947 die Judenverfolgungen nicht minder grausam und blutig an als im *braunen* Polen unter dem Gauleiter Franck, Hitlers Generalgouverneur. War das möglich? Der Ton des Artikels schien ihm allzu emphatisch. Der Mann übertrieb ganz zweifellos. Aber etwas Wahres mußte doch daran sein. Verdammt, er konnte sich doch nicht alles aus den Fingern gesogen haben!

Er hob den Kopf und blickte, um sich abzulenken, aus dem Fenster. Es war ein dunkler, aber klarer Tag geworden. Kein Nebel, kein trübes Wetter mehr. Unterhalb des Fensters sah er, gleich hinter dem kleinen erdigen Hof, in dem Bellagamba seine Hühner hielt, einen kahlen, dürftigen Fußballplatz mit den einsamen Torpfosten an beiden Enden, deren ganze graue, brüchige und wurmstichige Beschaffenheit er sogar aus dieser Entfernung zu erkennen meinte. Hinter dem Sportplatz sah man praktisch die ganze Stadt: die dunklen Dachziegel, so verschieden von den Ziegeln der Dächer Ferraras (größer, unregelmäßiger, als ob sie alle einzeln mit der Hand gemacht worden seien) und doch im ganzen so ähnlich, so offensichtlich aus der gleichen Familie wie die Ziegel von Ferrara. Und dort die Piazza, mit Santa Maria Ausiliatrice auf der einen Seite und der roten Fassade der Camera del Lavoro auf der anderen, zwischen den nunmehr erleuchteten Schaufenstern der beiden Cafés, und in der Mitte, fast auf der gleichen Linie, weit hinausragend über die bescheidenen, niedrigen Wohnhäuser, von denen sie flankiert wurden, die beiden einander gegenüberstehenden, wuchtigen Bauten der einstigen Casa del Fascio und des staatlichen Versicherungsinstituts INA. In einiger Entfernung dann die Ausbuchtung des Flußhafens, versteckt zwischen den beiden Ufern und doch mit Sicherheit zu erkennen an den Masten der vor Anker liegenden Lastschiffe. Und noch viel weiter im Hintergrund, längs des Asphaltbands der Straße nach Ferrara, die starre Pappelreihe überragend, die diesseits des Po die Nordgrenze der Montina bezeichnete, die dünnen, rauchgeschwärzten Schornsteine der Zuckerfabrik und der kleinere Schornstein des Pumpwerks des Consorzio Bonifiche... Wie ein Landvermesser, der seine Instrumente nicht zur Verfügung hat, versuchte er, mit dem bloßen Auge Entfernungen und

Proportionen zu schätzen. Wie groß war in gerader Linie die Entfernung zwischen der Piazza und dem Hafen, fragte er sich – aber er fragte es nur so, ohne den ernsthaften Versuch, eine Antwort zu finden. Und wie weit war es von der Gruppe von Schornsteinen, dort rechts, bis zum alten halbzerstörten braunen Wachtturm des Gallo, der so winzig in dem kahlen Gelände der Montina stand, daß er kaum besser zu erkennen war als die Bauerngehöfte, die in weiten Zwischenräumen über seinen Besitz verstreut lagen? Aber wie sehr er sich auch anstrengte, die kleine Villa zu entdecken, in der er 1930 Nives einquartiert hatte, und die er jahrelang als Hausherr betreten hatte, bis er sie später, zur Zeit der Rassengesetze, verkaufte – er konnte sie nirgends erkennen. Damals hatte sie isoliert am Südrand der Stadt gestanden; heute aber war es unmöglich geworden, sie aus der Menge der Villen herauszufinden, die in der Folge dort gebaut worden waren, alle mehr oder weniger vom gleichen Typ. Nun, es machte nichts. Aber wieviel hundert Meter trennten dieses Viertel (immer noch das modernste von Codigoro) von der Piazza? Und war die aschfarbene Statue des Infanteristen, der auf dem Sockel des Gefallenendenkmals zum Sturmangriff führte, die zerfetzte, von Schüssen durchsiebte Fahne des Regiments über seinem Helm flattern lassend, war sie, fragte er sich, überlebensgroß oder im Gegenteil kleiner als die Natur?

Von neuem nahmen seine Gedanken eine andere

Richtung. Er mußte an Ulderico denken, seinen Vetter und Freund, von dem er in den ersten dreißig Jahren seines Lebens unzertrennlich gewesen war (auf einmal erschien es ihm unglaublich, daß sie beide sich in den folgenden fünfzehn Jahren so fremd geworden waren) und der sich vor eben fünfzehn Jahren, nachdem er sein Haus in der Via Montebello in Ferrara an den Consorzio Bonifiche vermietet hatte, nach Codigoro zurückgezogen hatte, sozusagen nur einen Schritt weit von seinem Landbesitz entfernt; allerdings hatte er sich nicht in einer schönen Villa vor der Stadt, mit Park, niedergelassen, sondern hatte eine gewöhnliche Mietwohnung bezogen, geräumig und komfortabel, gewiß, aber eben doch eine Wohnung wie eine andere im Zentrum der Stadt. Bei dem Gedanken an Ulderico und an seine eigene Vergangenheit, an ihrer beider Geschicke, die so gleich und doch so verschieden waren, entschloß er sich, am späten Nachmittag dieses Tages noch vor der Rückfahrt nach Ferrara – vorausgesetzt, er fühlte sich nicht gar zu müde und hatte auch ein Stück Wild als Geschenk mitzubringen (übrigens war es bei Dunkelheit und dem unausbleiblichen Nebel ziemlich unwahrscheinlich, daß ihn jemand erkannte und er auf der Straße peinlichen Begegnungen ausgesetzt sein würde) – diesmal ganz bestimmt die Cavaglieris aufzusuchen, Ulderico, seine Frau Cesarina und die ganze Kinderschar. Er hatte sie dort übrigens noch nicht ein einziges Mal besucht, weder vor dem Kriege noch während des Krieges, ebensowenig wie in den letzten drei Jahren nach seiner Rückkehr aus der Schweiz. Von ihren Kindern – sechs! – hatte er noch keins gesehen. Aber nach den beiden Telefongesprächen, die er und Ulderico in der vergangenen Woche miteinander geführt hatten und nach all der Höflichkeit, die ihm sein Vetter dabei bezeigt hatte und die nicht zuletzt auch darin bestand, daß er nicht das geringste Erstaunen verriet, als er Edgardos Stimme hörte – wäre es da nicht von beiden Seiten sinnlos gewesen, sich weiterhin aus dem Wege zu gehen? Wie es doch im Leben zugeht! Er erinnerte sich noch des gewaltigen Skandals, den es 1932 in und außerhalb der Familie verursachte, als sich Ulderico plötzlich entschloß, sich mit Cesarina, der Hosenschneiderin aus Codigoro (wie war doch noch ihr Familienname gewesen?) kirchlich trauen zu lassen, zu der er seit ewigen Zeiten, wie allgemein bekannt, eine Beziehung unterhielt – und nicht genug damit, sich auch noch am Tage der Trauung taufen ließ! Und er erinnerte sich andererseits an die unerträgliche Hartnäckigkeit und unter den obwaltenden Umständen ganz ungebührliche Erbitterung, mit der ihn Ulderico 1939 davon abzuhalten suchte, daß nun auch er seine Geliebte, Nives, heiratete ... Nein, so schloß er seine Überlegungen, weiterhin eigensinnig einen Bogen umeinander zu machen, als hätten sie voreinander Angst: Das war inzwischen doch völlig sinnlos geworden.

6

Als er herunterkam, konnte er Bellagamba nirgends finden. Er war froh darüber. Wie unangenehm, wie lästig, wäre es gewesen, sich jetzt von dem Ex-Kaporal der faschistischen Miliz verabschieden zu müssen. Im Augenblick hatte er nur den Wunsch, hier zu verschwinden und so rasch wie möglich Codigoro hinter sich zu lassen.
Aber kaum betrat er die Piazza, als er Bellagambas ansichtig wurde. Er stand am Rand des Bürgersteigs, an der gleichen Stelle, von der aus er einst inquisitorische Blicke auf jedermann warf, auf Einheimische wie auf Fremde (stand dort vor seinem Wagen, seiner alten Aprilia, einen Fuß gegen einen der Vorderreifen gestemmt, und prüfte offenbar mit Kennermiene den Zustand des Wagens); er sah ein, daß er keine Möglichkeit hatte, ihm auszuweichen, und sich also damit abfinden mußte, noch mehr Zeit zu verlieren.
Während er auf ihn zuging, musterte er ihn. Er war beinahe nicht wiederzuerkennen. Über einem eisengrauen Rollkragenpullover trug er einen dunklen, zweireihigen Mantel; auf dem Kopf hatte er einen Schlapphut mit heruntergeschlagener Krempe, von der gleichen Farbe wie der Mantel. Gänzlich inoffensiv, ja, in einem Grade verkleidet wirkend und wie im Widerspruch zu dem Bild, das er von sich selbst hatte, ähnelte er eben dadurch Mussolini in

den letzten Jahren seines Lebens, wie er plötzlich fand – Mussolini, nachdem ihn die Deutschen mit einem Flugzeug vom Gran Sasso fortgeholt hatten ...

»*Salve*!« sagte er.

»Ist das Ihr Wagen?« fragte der andere, auf die Aprilia deutend, mit einem flüchtigen Seitenblick auf ihn.

Er nickte.

Er stellte sich neben Bellagamba und sah geradeaus. Es war inzwischen acht Uhr geworden. Allmählich belebte sich die Piazza. Und während sich Bellagamba über die Eigenschaften der Aprilia ausließ und sie *als Marke* pries und ihm anscheinend vorschlug, sie ihm zu verkaufen (seit geraumer Zeit suche er einen Wagen gerade dieses Typs, erklärte er, der zugleich leistungsfähig und sparsam im Verbrauch und möglichst erst durch wenige Hände gegangen war, am besten nur durch zwei, einen Wagen, kurz gesagt, der sich, angesichts der wachsenden Bedürfnisse seines Restaurationsbetriebes, auch als Lieferwagen verwenden ließe), vermochte Edgardo nicht, den Blick von der Menge zu lösen, die sich in Gruppen, die von Minute zu Minute zahlreicher wurden, vor dem niedrigen Backsteinbau der Camera del Lavoro und vor den beiden einander gegenüberliegenden Cafés versammelte. Wieder andere Menschen – hier waren es Frauen, Mädchen und Kinder vor allem – strömten unaufhörlich durch das große dunkle Hauptportal in die Kirche Santa

Maria Ausiliatrice; und diese Menge war abgesondert von den anderen Gruppen und hatte sich – dort, im Hintergrund, links – auf dem weiten Platz vor der Kirche versammelt, der wie eine eigene Piazza für sich war. Niemand schien sie beide bemerkt zu haben. Sie alle waren in ihren Gedanken offenbar mit anderen Dingen beschäftigt. Womit wohl, fragte er sich, beruhigt und doch seltsamerweise auch unbefriedigt, ja enttäuscht. Vom Campanile, der hinter der Kirche stand, schlank, spitz und so hoch, daß man ihn, wenn man von Ferrara kam, an manchen Tagen bei schönem Wetter schon aus einer Entfernung von zwanzig Kilometern sehen konnte, rief rastlos die tiefe Stimme der großen Glocke zur Messe.

Die Glocke läutete. Seit einigen Augenblicken schwieg Bellagamba.

Jetzt war die Reihe an ihm.

»Gut, ich will es mir überlegen«, sagte er, die Augen auf den Campanile gerichtet. »Wir können eventuell heute noch darüber sprechen.«

»Kommen Sie zum Mittagessen zurück?«

Als er vor ein paar Minuten durch den Empfangsraum des *Bosco Elìceo* gekommen war, saß hinter dem Schreibpult, dort, wo er zuvor Bellagamba verlassen hatte, nun ein Mann von etwa siebzig Jahren, mager, mit grauer Mähne und dem abgezehrten, erdfahlen Gesicht des Malariakranken, der ein schmutziges, abgetragenes gestreiftes Jackett trug. Keineswegs überrascht, ihn aus den oberen Stock-

werken herunterkommen zu sehen, hatte ihm der Mann mitgeteilt, daß *Signor Gino* vor höchstens einer Viertelstunde das Haus verlassen habe, ohne allerdings zu erklären, wohin er ginge und wann er zurück sein wollte. »Dann grüßen Sie ihn bitte von mir«, hatte er dem Alten aufgetragen. »Sagen Sie ihm meinen Dank und bestellen Sie ihm, daß ich mittags vielleicht zum Essen zurückkomme.«
Zum Mittagessen? überlegte er. Tatsächlich hatte er ja zuerst davon gesprochen. Aber wenn er nun im Gegenteil alle Programme über den Haufen warf und sofort in die Stadt zurückführe?
Auf alle Fälle gab er zunächst keine Antwort. Er löste den Blick von der Glockenstube, die sich unmittelbar unter der hohen schlanken Turmspitze befand, und sah forschend zum Himmel auf. Nichts mehr von schwer herabhängenden Wolken, die tief über die Dächer der Stadt jagten! Statt dessen eine geschlossene graue Wolkendecke. Und wenn er nun wirklich gleich nach Hause führe?
Er wandte sich wieder Bellagamba zu, der ihm mit seinem gewohnten, nicht leicht deutbaren Gesichtsausdruck zulächelte, in dem jedenfalls etwas von Verschmitztheit und Hinterlist lag.
»Würden Sie eine Tasse Kaffee mit mir trinken?« hörte er Bellagamba fragen.
Dieser Mann behandelte ihn mit der gleichen behutsamen Geduld wie Romeo, fand er. Und ebenso wieder keineswegs, um sich über ihn lustig zu machen oder ihn heimlich zu provozieren und auf

die Probe zu stellen. Im Gegenteil! Wenn er sich nicht sehr irrte, wollte ihn der andere nur beruhigen, wollte ihm zu verstehen geben, er habe nicht den geringsten Grund, sich länger Sorgen um nichts und wieder nichts zu machen; kurz, er wollte ihm nur den freundschaftlichen Rat geben, keine ängstliche Rücksicht zu nehmen, vielmehr alle Furcht und Sorge abzutun.

»Wo denn?« fragte er.

»Da drüben. Im *Fetman.*«

Mit dem kräftigen Kinn, das auf dem Rollkragen seines Pullovers ruhte, wies er auf das Café auf der linken Seite der Piazza.

»Da ist der Kaffee bedeutend besser als im *Moccia*«, fuhr er fort und wies dabei mit dem Kinn nach rechts, auf das zweite Café an der Piazza. »Außerdem«, fügte er zwinkernd hinzu, »kann ich Ihnen garantieren, Herr Rechtsanwalt, daß Sie um diese Stunde im *Fetman* kein unfreundliches Gesicht sehen werden. Verlassen Sie sich auf mich.«

In den beiden Cafés an der Piazza zu verkehren – seit undenklichen Zeiten zwangsläufig Treffpunkte nicht allein der politischen Lokalgrößen, sondern auch aller Makler und Händler der Region – hatte Edgardo von jeher vermieden: aus Instinkt und Grundsatz. In das *Fetman* (was für ein Name für ein solches Lokal! Vor dem Kriege hatte es, wie er sich erinnerte, ganz anders geheißen) hatte er sogar nicht ein einziges Mal den Fuß gesetzt. Aber wie dem auch sei – warum nicht? Selbst heute, im Jahre 1947, mitten in der kommunistischen Sturmflut, mußte es wohl, wenn man zu so früher Stunde, noch dazu an einem Sonntag, ins Café kam, genauso unwahrscheinlich wie eh und je sein, dabei einer unangenehmen Begegnung ausgesetzt zu sein. Und schließlich sollte er sich, nachdem er seinen Kaffee getrunken hatte, tatsächlich entschließen, nach Ferrara zurückzufahren (sofort nach Ferrara zurückfahren bedeutete unter anderem auch den Verzicht auf den Besuch am späten Nachmittag bei den Cavaglieris), so konnte er nirgendwo bequemer als im Café wenigstens telefonisch mit Ulderico sprechen. Einmal nur so guten Tag sagen und weiter nichts, was ihm aber erlaubt hätte, in naher Zukunft wieder nach Codigoro zu kommen und zwar eigens, um dann Ulderico zu besuchen – das konnte er nur in aller Kürze, bedingt durch die Eile des Aufbruchs, tun.

»Also gut«, sagte er schließlich. »Dann wollen wir gehen.«

Seite an Seite wie alte Freunde gingen sie über den Platz – er dabei immer mit dem Gefühl, daß sich niemand um sie beide kümmere – und, wie es wirklich bei alten Freunden oft der Fall ist, gingen sie nebeneinander, ohne ein Wort zu wechseln.

Dann warteten sie stehend vor der Theke darauf, bedient zu werden. Und während des Wartens (es war so gut wie leer in dem Café – eine dunstige Atmosphäre, geschwängert von den Gerüchen nach Espresso, Grappa und Toskana-Zigarren, die wenigen Gäste saßen, unauffällig und schweigsam, an kleinen Tischen im Hintergrund des großen rechteckigen Raums, der weniger einem Café als einer Garage glich –, und Edgardo spürte, wie sein Gesicht sich allmählich erhitzte) ergab es sich, daß seine Aufmerksamkeit sich wieder auf das Gebäude der INA konzentrierte. Als er es jetzt durch die beschlagene Schaufensterscheibe betrachtete, erschien es ihm wie eine Art von grau-rosa Pfeiler im Strom, bedrohlich ragend und unzugänglich. Im Ernst, ein imposantes Bauwerk, sagte er sich – so imposant wie disproportioniert, womit auch erklärt war, warum die Straße, deren Ecke zur Piazza es bildete und über der es mit seinen zehn Stockwerken wuchtete, so eng, dunkel und ärmlich wirkte. Suchend ließ er den Blick über das Erdgeschoß gleiten. Nirgends ein Eingang zu entdecken. In dem Halbdunkel, das noch in dem Laubengang vor dem Gebäude herrschte, erkannte er die Reihe der drei Schaufenster des neuen Geschäfts für landwirtschaftliche Maschinen, das er, als er eben über den Platz gegangen war, nur flüchtig bemerkt hatte. Aber von wo aus kam man denn nun wirklich ins Haus hinein, um zu den Wohnungen in den oberen Stockwerken zu gelangen? Vielleicht von hinten? Er durfte nicht vergessen, Ulderico danach zu fragen, wenn er in kurzem mit ihm telefonierte …

Indessen hatte Bellagamba das Gespräch wieder aufgenommen, indem er ihm Ratschläge gab. Vertraulich und doch respektvoll (er sprach leise, offenbar auch, damit ihn der Mann hinter der Theke nicht hören konnte) übte er Kritik an seiner Absicht, bis nach Volano weiterzufahren. Was erwartete er sich dort? Ganz abgesehen von dem unsicheren Wetter glaubte er, nicht fehlzugehen in der Annahme, daß er nicht vor zehn Uhr in die Tonne steigen könnte, wenn alles gutging. Jäger würde er allerdings da draußen an diesem Sonntag ausnahmsweise so gut wie keine treffen – jedenfalls war von seinen Zimmern in der vergangenen Nacht nur eins belegt gewesen, und zwar von einem Herrn aus Reggio, der übrigens nicht einmal Jäger war, sondern ein Vertreter für Rasierklingen –, aber was wollte er, der Herr Rechtsanwalt, wohl um zehn Uhr morgens dort schießen? Es hatte keinen Zweck: Wenn man so spät in die Tonne stieg, riskierte man, mit leeren Händen heimzukommen; oder, noch schlimmer, sich von der Wut dazu hinreißen zu lassen, auf eine Möwe zu schießen, an denen es leider keinen Mangel gab.

»Soll ich Ihnen nicht lieber ein Zimmer richten und ein Bett beziehen lassen?« fragte er, die Stimme zum Flüstern gesenkt. »Wenn es Ihnen recht ist, kommen Sie mit mir ins Hotel, und ich lasse Ihnen alles richten.«

Er wandte ihm das Gesicht zu. Wie gewöhnlich zwinkerte Bellagamba ihm zu, aber diesmal mit hochrotem Gesicht, als habe er ihm etwas Außergewöhnliches, um nicht zu sagen, etwas Verbotenes vorgeschlagen. Er hatte ja recht, er konnte nicht umhin, es anzuerkennen; es gab gar keinen Zweifel, daß er recht hatte. Was aber Zimmer und Bett betraf: nein. Daran war überhaupt nicht zu denken. Besser, viel besser wäre es, wenn er sich sofort in den Wagen setzte und dann: los nach Ferrara! Und wenn er dann am Nachmittag, so um halb sechs, nach einer Siesta im eigenen Bett, aufstand, wäre die übliche Bridgepartie bei den Concordis immer noch eine Möglichkeit, sich die Zeit bis zum Abendessen zu vertreiben.

»Nein, danke«, erwiderte er. »Es ist sehr liebenswürdig, aber ich glaube nicht, daß das nötig ist. Lassen Sie nur ...«

Er zog das Taschentuch und tupfte sich den Mund ab.

»Entschuldigen Sie, ich möchte telefonieren«, sagte er, das Gesicht dem Barmann zugewandt.

»Ein Ferngespräch?«

»Nein, ein Ortsgespräch.«

Der Mann hinter der Theke – etwa vierzig Jahre alt, mit feistem, schweißglänzendem Gesicht, das mit grauen Bartstoppeln wie gesprenkelt war – musterte ihn kühl.

»Mit wem wollen Sie sprechen?«

»Mit dem Ingenieur Cavaglieri.«

»Sofort«, erwiderte der andere, plötzlich beflissen, während er aus einer Schublade des Schanktischs eine Telefonmünze nahm, die er ihm reichte. »Wollen Sie sich bitte in die Kabine bemühen ...«

Er wies auf eine Art schmalen Schranks aus Glas und dunklem Holz, der an der entferntesten Wand

des großen Raums stand, hinter den Tischen und Stühlen.
Als er auf die Kabine zuging, fragte er sich neiderfüllt, wieso er nur den Namen seines Vetters zu nennen brauchte, um auf einmal so höflich behandelt zu werden. Aber er hatte keinen Grund, sich darüber zu wundern, sagte er sich sogleich. O nein. Wenn jemand fünfzehn Jahre in einem Städtchen mit nur ein paar tausend Einwohnern wohnte, mit einer Frau, die dort geboren war, und einem Haufen Kinder, dann gehörte er am Ende dazu. Selbst wenn er noch so wenig Neigung dazu mitbrachte. Aber nun stelle man sich erst Ulderico vor, mit diesem schon beinahe einzigartigen Charakter, der es ihm erlaubte, in jeder Lebenslage Sicherheit zu zeigen, stets besonnen und herzlich zu bleiben! Wahrscheinlich war das *Fetman* sein Stammcafé, da es nur ein paar Meter vor seiner Haustür lag.
Schon war er im Begriff, die Kabine zu betreten, als ihm der Barmann die Frage nachrief: »Haben Sie auch die Nummer?«
Er wandte sich um. Bellagamba war angelegentlich damit beschäftigt, sich eine Zigarette anzuzünden, das Gesicht verborgen in der Höhlung seiner Hände; ein paar Gäste, die dort saßen, hatten aufgeblickt und beobachteten ihn nun unverwandt.
Ach ja, die Nummer. Sie hatte natürlich nur zwei Zahlen. Aber welche?
Er schüttelte den Kopf. »Nein«, sagte er.
»Wählen Sie die Zwölf. Eins und zwei.«

Er betrat die Kabine und schloß die Tür. Dann drehte er die Nummer. Im Hörer wiederholte sich lange das Rufsignal. Es klang ganz anders – wie er erst jetzt bemerkte – als der diskretere, gleichsam wattierte Signalton des Ortsnetzes von Ferrara. Es war ein metallisch harter, drohender Ton, den das Ohr kaum ertrug.

»Wer spricht dort?« fragte plötzlich eine Stimme so grob, daß er den Hörer noch etwas weiter vom Ohr abhielt.

»Limentani«, antwortete er, nicht ohne Mühe, da er schwer jenes Gefühls von Befremdung, Verlegenheit und Widerwillen Herr wurde, das ihn immer wieder beim Klang seines Namens befiel.

»Wie sagten Sie?«

»Limentani«, wiederholte er.

Wahrscheinlich sprach er mit einem Dienstmädchen, einer schon alten Hausangestellten, die nicht mehr viele Zähne im Munde hatte und vielleicht etwas schwerhörig war. »Limentani, Edgardo Limentani«, mußte er mehrmals, zuletzt auch buchstabierend, wiederholen. Vergebens. Die Alte verstand ihn noch immer nicht. Schließlich erklärte sie, daß der Herr Ingenieur noch nicht aufgestanden und die Signora Cesarina gerade erst ins Bad gegangen sei.

Er zögerte.

»Entschuldigen Sie, ich möchte nicht stören«, sagte er dann, »aber würden Sie trotzdem der Signora sagen, daß ihr Cousin am Apparat ist, ihr Vetter aus Ferrara?«

»Warten Sie einen Augenblick.«

Ihr Vetter aus Ferrara – das über die Lippen zu bringen, hatte ihn eine beträchtliche Anstrengung gekostet. Dabei wußte er genau, wenn sie, Ulderi-cos Frau, jetzt ans Telefon käme, würde er sich große Mühe geben müssen, um ein Gespräch überhaupt in Gang zu bringen! Was für ein Typ war eigentlich Cesarina? Offen gesagt, konnte er sich kaum an sie erinnern. Er hatte sie im ganzen nur ein paarmal gesehen, als junges Mädchen, ohne von ihrer Erscheinung einen besonderen Eindruck bewahrt und ohne je ein Wort mit ihr gesprochen zu haben. Groß war sie, wie er sich erinnerte, und blond, vielleicht auch rotblond. Aber nach zwanzig Jahren – zwanzig Jahren! – und bei dieser Ehe und allem, was dazu kam ... Übrigens, wie sollte er sie eigentlich anreden? Mit Du oder besser mit Sie?

Indessen, niemand kam an den Apparat, – und das, obwohl es, wie man hören konnte, in der Wohnung der Cavaglieris bereits sehr lebhaft zuging.

Es mußte eine große Wohnung sein; soviel meinte er, erraten zu können. Eine sehr große Wohnung, mit einigen Zimmern, die so geräumig wie ein Saal waren. Zum Beispiel, in dem Zimmer, in dem sich das Telefon befand, spielten in diesem Augenblick Kinder mit einem Gummiball. Es waren wenigstens drei. Drei Jungen. Aufgrund der dumpfen Geräusche, die ihr Springen, Laufen und Fallen ständig auf dem Parkettboden verursachten, war es nicht weiter schwer, sich eine ziemlich genaue Vorstellung von dem Raum und seinen Ausmaßen zu machen. Von weit, sehr weit, kam Kinderweinen; es mußte ein Kind von nur wenigen Monaten sein. Aber da war, näher, eine andere Stimme, vielleicht von einem fünfzehnjährigen Mädchen. »Clementina!« rief sie laut. Und da Clementina, die wer weiß wo steckte, in ihrem Zimmer oder der Toilette, nicht antwortete, forderte sie sie auf, zu Tonino oder Tanino zu laufen. »Komm raus!« rief sie ungeduldig und doch mit einem Lachen in der Stimme: »Los, komm raus, das Gas geht nicht ...«

Er hielt den Atem an und rührte sich nicht. Er hatte das Gefühl, selbst in der Wohnung der Cavaglieri anwesend zu sein und dort, hinter der Tür versteckt, zu lauschen und zu spionieren.

»Tor!« schrie ganz nah eine Jungenstimme.

»Das gilt nicht!« protestierte ein noch Kleinerer. »Ich hab gesehen, wie du mit der Hand nachgeholfen hast!«

»Es war doch ein Tor!« beharrte der erste.

Dies Durcheinander, dieser Heidenlärm! Da möchte man gleich die Flucht ergreifen, dachte er.

Und doch, obwohl sich unwillkürlich seine Lippen zu einem Ausdruck unduldsamer Mißbilligung verzogen (da sieht man, wozu es führt, wenn man sich mit Kindern belastet, dachte er, da reicht das größte und geräumigste Haus nicht mehr aus, und das Leben ist kein Leben mehr, sondern einfach die Hölle), konnte er nicht anders: Er blieb stehen, den Hörer ans Ohr gepreßt, und lauschte mit einer Art sehnsüchtiger Gier, gegen die er sich vergebens wehrte, auf Stimmen und Geräusche.

»Wer ist da?« fragte plötzlich am anderen Ende des Drahts die ein wenig heisere Stimme eines kleinen Jungen.

Im allgemeinen konnte er mit kleinen Kindern nicht viel anfangen. Er fühlte sich ihnen gegenüber verlegen; sie schüchterten ihn ein. Selbst bei Rory konnte es ihm geschehen (so auch heute früh, als er für einen Augenblick zu ihr ins Zimmer gegangen war), daß sich ihm die Kehle zuschnürte und er meinte, beinahe ersticken zu müssen. Am Telefon aber war das anscheinend etwas anderes. Etwas zu sagen fand sich immer.

»Edgardo«, antwortete er. »Und wie heißt du?«

»Andrea.«

Er hörte die hastigen Atemzüge des Kleinen. Die Situation war klar: Er hatte den Hörer an der Wand herunterhängen sehen, und da seine beiden größeren Brüder sich noch immer über die Frage Tor oder nicht Tor stritten, war ihm plötzlich der Einfall gekommen, die Spielpause zu benutzen, nach dem herabbaumelnden Telefonhörer zu greifen. Für gewöhnlich konnte er das Telefon nur erreichen, wenn er auf einen Stuhl kletterte.

»Wie alt bist du?«

»Sechs Jahre.«

»Gehst du schon zur Schule?«

»Ja.«

»In welcher Klasse bist du? In der ersten?«

»Nein. Ich gehe in die erste Vorschulklasse.«
Rory mit ihren sieben Jahren war schon in der dritten, dachte er.
»Da sind wir ein bißchen zurückgeblieben«, versuchte er zu scherzen. »Bist du wenigstens immer fleißig?«
»Soso.«
»Was heißt soso? Weißt du nicht, daß man fleißig sein muß?«
Der Kleine antwortete nicht. Sein Schweigen fiel mit der Wiederaufnahme des unterbrochenen Fußballspiels zusammen, mit neuerlichem Schreien, Laufen, Springen und dumpfem Gepolter. Aber Andrea stand noch immer dort, am anderen Ende; er konnte ihn atmen hören, schwer, aber mit der ganzen Ausdauer eines kleinen Bauern auf seinem Posten bleibend.
Auf einmal fühlte er sich wieder von einer brennenden Sehnsucht ergriffen, in den Valli zu sein, – ganz allein, unter allen Umständen, auch wenn es regnete.
Eigentlich könnte er ja nun auch wieder einhängen, dachte er, ohne länger auf die Hausangestellte zu warten, die es bestimmt (wetten?) nicht fertiggebracht hatte, auszurichten, weder seinen Namen, noch Vornamen, noch sonstwas (weiß der Himmel, was sie jetzt gerade ihrer Herrin alles durch die geschlossene Badezimmertür erzählte!). Ja, eigentlich könnte er nun wirklich einhängen und verschwinden. Übrigens würde Ulderico, wenn er aufgestan-

den war und von dem Anruf erfuhr, sofort erraten, wer am Telefon gewesen war ...

Nun, und war das nicht das einzige, worauf es ihm ankam?

Bedächtig legte er den Hörer auf.

Zweiter Teil

I

Die Kabine verlassen und glauben, daß er in den Valli alles finden würde, was er brauchte – innere Ausgeglichenheit, Gesundheit für Körper und Geist, Lebensfreude – war eins. Er mußte sich nur beeilen. Er ging auf Bellagamba zu, der, als er ihn kommen sah, seine Zigarette fortwarf. Er zahlte die Telefonmünze an der Theke und machte sich, den alten Faschisten immer hinter sich, entschlossen auf den Weg.

»Auf Wiedersehen«, sagte er zu ihm, sobald sie draußen waren, vor dem Café.

»Heute morgen wird mir aus Garino ein schöner Steinbutt ins Haus gebracht«, sagte Bellagamba. »Soll ich ihn für Sie reservieren?«

»Ja, reservieren Sie ihn mir bitte«, erklärte er sich bereitwillig einverstanden, nur um schnell loszukommen.

Er reichte ihm die Hand.

»Und danke«, fügte er hinzu, »danke für alles!«

Er wartete ab, bis Bellagamba aufhörte, ihm die Hand mit seinen beiden großen behaarten Händen zu drücken; dann drehte er sich um und schickte sich an, den Platz zu überqueren.

Er ging rasch. Ab und zu hob er den Kopf, um schnuppernd die Luft zu prüfen. Von Regen keine Spur, nicht ein Tropfen. Und die Luft: Jetzt spürte er in ihr den charakteristischen Lagunengeruch, salzig und süßlich zugleich, der sich so penetrant und hartnäckig an die Kleider heftete und auf ihn seit jeher die Wirkung hatte, seinen Appetit anzuregen. Um so besser, dachte er gutgelaunt. In der letzten Viertelstunde hatte der Wind nicht nur aufgefrischt, sondern auch die Richtung gewechselt. Er kam jetzt von der entgegengesetzten Seite, vom Meer. Wenn er die Richtung für ein Weilchen beibehielt, würde er bald den Himmel von Wolken leergefegt haben.

Um auf die Straße nach Pomposa zu kommen, mußte er mit dem Wagen noch einmal am *Fetman* vorbei.

Bellagamba stand noch immer vor dem Café. Er war so sehr in ein Gespräch mit einem alten Bauern vertieft (der, in einen dunklen Mantel gehüllt, unter der heruntergeklappten Hutkrempe an einem Toskana-Stummel kauend, seinerseits nur schweigend zuhörte), daß er, als er ihn, den Arm zu einem angedeuteten *römischen Gruß* halb erhoben, vorbeifahren sah, gerade noch Zeit hatte, zwei Finger an die Mütze zu legen. »Scher dich zum Teufel«, brummte er grinsend und fuhr weiter.

Er bog in die kleine Seitenstraße ein, an deren Beginn das Hochhaus der INA stand, und gleich darauf fuhr er schon am Flußhafen entlang, in dem, wie an jedem Sonntag, die braunen Kähne und Schlepper eng nebeneinander an der Kaimauer lagen. Nach ein paar hundert Metern bog er links ab. Gleich hinter der Kurve mußte er der Steine wegen mit der Geschwindigkeit heruntergehen und vorsichtig fahren. Aber sofort hinter der Kreuzung mit der Umgehungsstraße würde, wie er hoffte, die Straße wieder in Ordnung und gut befahrbar sein. Da war sie schon. Er sah den blauen Asphaltstrich näherkommen und genoß im voraus den Augenblick, in dem er wieder Gas geben konnte.

Er überquerte die Kreuzung und gleich darauf den Platz, auf den die kurze Friedhofsallee mündete, die, besonders an ihrem Ende vor der rötlichen Ringmauer, von sonntäglichen Besucherscharen belebt war; er übersah geflissentlich die Handbewegung, mit der eine hübsche junge blonde Frau, die dort an der Ecke stand, ganz in Schwarz und mit Trauerschleier, darum bat, mitgenommen zu werden. Er wechselte in den dritten Gang, dann in den vierten. Er ließ die Geschwindigkeit nicht unter siebzig absinken, und sehr bald kam schon die Abtei von Pomposa in Sicht.

Wie lange schon war er nicht mehr hier gewesen! Er stellte es mit einem Seufzer fest, während er mit der Aprilia auf der nun glatten Straße zügig seinem Ziel entgegenfuhr. Er freute sich zu sehen, daß die Abtei, von der sehr viel dichteren Vegetation abgesehen, die sie jetzt umgab (ein Zeichen dafür, daß die Entwässerungsanlagen des Consorzio Bonifiche auch in den letzten Jahren ungestört gearbeitet hatten), durch den Krieg gekommen war, ohne ihr ursprüngliches Gesicht eines großen landwirtschaftlichen Betriebs im Stil der Montina zu verlieren. Wie auch nicht – dachte er und warf einen Blick auf das alte rote Gemäuer des Klosters. Mit dem Glockenturm auf der einen Seite, der den Umfang eines Getreidesilos hatte, und der Kirche in der Mitte, bei der man weniger an eine Kirche als an eine Scheune dachte, und den übrigen schmucklosen Gebäuden auf der rechten Seite, die wie Bauernhäuser um die Tenne herum angeordnet waren, glich die Abtei von Pomposa, wenn auch in vergrößertem Maßstab, durchaus der Montina. Übrigens freute er sich zugleich auch darüber, daß sich ihm bei der Erinnerung an die Montina, bei der innerlichen Erwähnung ihres Namens, einmal nicht das Herz vor Sorge, Bitterkeit und Angst zusammenkrampfte. Vor Pomposa bog er nach rechts ab, auf die Via Romea, ein paar hundert Meter darauf nach links, auf die fast nur aus Kurven und Gegenkurven bestehende Straße, die sich schräg in die Valli hineinschob. Er atmete tief auf. Nach Süden breitete sich unübersehbar, fast wie das Meer, die Valle Nuova aus, nach Norden die kahlen Meliorationsgebiete, im Hintergrund begrenzt von dem schwarzen Streifen des Waldes von Mesola.

Er fühlte sich jetzt so ruhig, so voller Energie und Zuversicht (da es kalt war, hatte er die Heizung angestellt, trotzdem meinte er, die Luft der Lagunen dringe in den geschlossenen Wagen und weite ihm die Brust), kurz, er fühlte sich so wohl, daß er, als er bald darauf einen sauren Geschmack im Munde spürte, davon nicht besonders in seiner Stimmung beeinträchtigt wurde. Mit nichts als zwei Tassen Kaffee im Magen – natürlich war es dumm gewesen, daß er sich nicht von Imelde vorher wenigstens ein Stück Brot hatte geben lassen, und dann, vor einer Viertelstunde in Codigoro, nicht eine Packung Kekse oder ein Stück Kuchen mitgenommen hatte – war es eigentlich nur normal, was ihm da widerfuhr. Jedenfalls, soviel war klar, mußte er, bevor er in die Tonne stieg, noch etwas in den Magen bekommen. Gab es wohl eine Osteria in Volano? So etwas mußte es doch auch noch heutzutage geben. Schlimmstenfalls würde er etwas hausgemachtes Weißbrot oder eine Scheibe Brezelbrot, wie man es hier auf dem Lande buk, mit grobem Zucker bestreut, an jeder beliebigen Haustür des Ortes auftreiben können. Fragen kostete ja nichts, und in Volano würde ihn kein Mensch kennen. Außerdem wollte er nichts umsonst ...

Er kam vorbei an den Fischerei-Anlagen von Canevìe, wo man früher auch zu essen bekam, die aber jetzt völlig verlassen zu sein schienen, im Abbau befindlich; vorbei an Porticino, – ein Name, dem wie üblich auch gar nichts entsprach, nicht einmal das geringste Anzeichen menschlicher Behausungen. Und endlich, nach der soundsovielten Doppelkurve: Volano mit seinen niedrigen Häusern, in zwei Reihen zu beiden Seiten der Straße, die den Ort von einem Ende zum andern durchquerte, und dem massiven Parallelepiped des Tuffanelli-Hauses im Hintergrund, vor dem die Straße zu enden schien. Jetzt brauchte er nur noch ein paar hundert Meter, dachte er und drückte auf das Gaspedal, dann würde er sehen, ob Ulderricos Mann noch an der verabredeten Stelle stand und auf ihn wartete. Es war kaum anzunehmen. Immerhin konnte er einmal nachsehen und dann allenfalls sich schlüssig werden, was zu tun war.

Er fuhr rasch durch den halbverlassenen kleinen Ort, sehr langsam dagegen, wie ein Verkehrsschild empfahl, über die Hängebrücke über den Po di Volano und hielt neben dem Tuffanelli-Haus auf der windgeschützten Seite, von der aus man die Valle Nuova sah. Er stieg sofort aus. Von dem Mann war nichts zu sehen. Er blickte auf die Uhr: es war Viertel nach neun. Wer weiß, wie lange er gewartet haben mochte, der Ärmste. Aber was nun?

Er spitzte die Ohren. Nichts. Nur die fernen Schreie unsichtbarer Vögel, hoch am Himmel. Ebenfalls unsichtbar blieb ein Hund – vielleicht lag er an der Kette –, der irgendwo in der Nähe winselte.

Er ließ den Blick über die unendliche Landschaft kreisen, die ihn umgab.

Dort, am äußersten Rand des flachen, aus Wasser und Inseln bestehenden Gebiets, durch das er eben gekommen war und das die Sonne jetzt streckenweise erhellte, erkannte er die Glockentürme von

Pomposa und Codigoro: dunkel, rauh, groß und massig den ersten, näheren; schmächtig, weiß und sehr fern den zweiten, von einem fast metallischen Glanz – eine Nadel. Rechts, im Mündungsgebiet des Po Grande, sah er am Horizont die dunkle kompakte Masse des Waldes von Mesola; links die leere Fläche der Valle Nuova und dahinter der anderen Valli und schließlich vor sich Volano jenseits der Brücke, mit den beiden parallelen Reihen ärmlicher Häuser, von denen einige noch mit Stroh und Schilfrohr gedeckt waren ... Das alles sah er, und er hörte wieder die einschmeichelnde Stimme Bellagambas, hörte die Worte, mit denen er vor einer Stunde versucht hatte, ihn von einer Fortsetzung seiner Fahrt zurückzuhalten. »Hören Sie auf mich und fahren Sie nicht weiter!« hatte er gesagt. Und es hatte geklungen, als ob es ihm leid täte.
Doch nein, er durfte nicht aufgeben, nicht resignieren. Die Idee, sofort wieder heimzufahren, die ihn von neuem in Versuchung führte, wies er diesmal energisch und ohne Zögern zurück. Dieselbe Straße, die er eben gefahren war, nun in entgegengesetzter Richtung noch einmal zu fahren, mit all ihren Kurven, wieder an der Abtei von Pomposa vorbei, durch Codigoro oder allenfalls um Codigoro herum, um endlich, gegen elf Uhr, durch die Windschutzscheibe die vier Türme des Schlosses der Este in der Ferne zu erkennen: Das alles – er hatte keinen Zweifel – hätte nur dazu geführt, ihn wieder in den dunklen Brunnen bitterer Traurigkeit zu stürzen,

aus dem er gerade endgültig aufgetaucht zu sein glaubte. Und wenn er nun allein, ohne Begleiter, weiterführe? Bis nach Lungari di Rottagrande würde er auch ohne Hilfe kommen. Allerdings etwas schießen – nein, das würde er nicht, zugegeben. Geduld!

Er könnte natürlich auch in Volano bleiben, wenn nicht den ganzen Tag, so doch wenigstens für ein paar Stunden. Wer weiß, vielleicht lebte der Mann, den Ulderico ihm vermittelt hatte, dieser Gavino, gerade in Volano. Und wenn er hier wohnte, lohnte es auch den Versuch, ihn aufzuspüren, und sei es nur, um ihm persönlich die fünfhundert Lire zu übergeben, die ihm in jedem Fall zustanden. Mit Familiennamen hieß er Menegatti – Menegatti, Felisatti oder Borgatti, so ähnlich jedenfalls. Aber davon abgesehen: Wo sonst fände er wohl, ob nun in einem Wohnhaus oder in einer Gastwirtschaft, einen Platz, so ruhig, so sicher, so weit fort von allem und allen, fast so wie in einer Tonne mitten in den Valli, und sei es auch nur für eine kleine Weile – wo, also, fände er wohl einen solchen Platz besser als in Volano? Da war es wieder, das Sodbrennen. Von neuem dieser saure Geschmack im Munde. Er mußte etwas zu sich nehmen, und zwar sofort.

Auf einmal erregte da drüben etwas seine Aufmerksamkeit. Am gegenüberliegenden Kanalufer bemerkte er, etwa zehn Meter entfernt rechtsseits von der Straße und Brücke eine lange, schmale Baracke mit grünem Anstrich und einem Wellblechdach. Sie schien ganz neu zu sein; dafür sprach die leuchtende, fast spiegelblanke Farbe und das offenbar fabrikneue Wellblechdach. Worum handelte es sich bei dieser Baracke? Vergebens bemühte er sich, das kleine Schild über der Tür zu entziffern. Aus einem dünnen Eternitrohr, das vier Stahlkabel auf dem Dach aufrecht hielten, stieg in dicken Schwaden schwarzer Rauch. Sowie er über dem Dach erschien, vertrieb ihn der Wind. Vielleicht war hier der passende Zufluchtsort für ihn, dachte er, während er aufmerksam den Rauch betrachtete und seine Beschaffenheit zu ergründen suchte. Durchaus möglich.

Er schloß den Wagen ab und ging, gegen den Wind ankämpfend, auf die Brücke zu. Er überschritt sie, indem er sich an einem der beiden Halteseile festhielt, die als Geländer dienten. Dann näherte er sich, den Schritt beschleunigend, auf leicht abfallendem Gelände der Baracke. Er brauchte nur das Schild über der Tür zu lesen: FEINKOST – und schon lief ihm das Wasser im Munde zusammen. Er hatte Glück gehabt; etwas zu essen konnte er sich nun in jedem Fall an Ort und Stelle besorgen, ohne erst auf die Suche gehen zu müssen . . . Indessen war ein dunkler, hochgewachsener und magerer junger Mann auf die Schwelle getreten. Nachdem er die Tür hinter sich geschlossen hatte, blieb er dort stehen und wartete, bis der andere näherkam.

2

An seiner Kleidung – Schirmmütze, wasserdichte und mit Lammfell gefütterte Jacke offenbar militärischer Herkunft und hohe, bis zur Hüfte reichende Gummistiefel – vor allem aber an seinem beharrlich fragenden Blick, erkannte er sofort, wer dort vor ihm stand. Es war der Mann, den Ulderico ihm besorgt hatte, Gavino – es konnte gar kein anderer sein.

»Guten Morgen!« rief er ihm entgegen und hob grüßend den Arm.

Der junge Mann verbeugte sich kaum – eine knappe Verbeugung, halb unbeholfen, halb militärisch anmutend.

»Ich dachte schon, Sie kämen nicht mehr«, sagte er dann ruhig.

»Ich habe mich sehr verspätet, ich weiß«, antwortete er und schüttelte den Kopf. »Aber vielleicht liegt es daran, daß ich seit wenigstens fünfzehn Jahren nicht mehr in die Valli gekommen bin«, fügte er mit einem schüchternen Lachen hinzu. »Und da weiß man dann nicht mehr so recht, wieviel Zeit man für alles braucht. Haben Sie Nachsicht mit mir!«

»Um Gottes willen, ich bitte Sie!«

Ich bitte Sie! hatte er gesagt. Und jetzt lächelte er sogar unmerklich. Ob er ihn wohl für fähig hielt, ihn nicht zu bezahlen?

Das wäre ja lächerlich, in jedem Fall vollkommen absurd. Er griff nach seiner Brieftasche, entschlossen, ihr auf der Stelle die fünf Hundertlirescheine zu entnehmen, die er ihm nach der Abmachung schuldete. Aber mit einer raschen Bewegung wehrte der andere ab.

»Nicht doch!« sagte er, mit einem Ausdruck leichter Befremdung. Für die Abrechnung habe man doch noch genug Zeit. Das könnten sie doch *danach* erledigen. Jetzt sei es besser, wenn sie sich darum kümmerten, zu der Tonne zu kommen. Der Wind habe sich gedreht, erklärte er in seinem ruhigen, korrekten, fast akzentlosen Italienisch, während er die Augen (blaue Augen) prüfend zum Himmel hob – und falls sie sich beeilten, bestehe noch immer die Möglichkeit, etwas Wild zu erlegen.

Er hat recht, dachte er. Und ob er recht hatte!

»Ich habe vergessen, mir etwas zu essen mitzunehmen«, wandte er jedoch gegen den sofortigen Aufbruch ein, »und ich möchte nicht, daß ich unterwegs Hunger bekomme. Was meinen Sie«, und er wies auf die Baracke, »ob ich mir hier einen Sandwich zurechtmachen lasse?«

»Wie Sie wollen«, erwiderte Gavino und trat zur Seite, um ihn durchzulassen.

Innen erschien ihm die Baracke größer, als er von außen vermutet hatte.

Sie bestand aus einem einzigen schmalen, langen Raum, der jetzt in Halbdunkel getaucht war. Die Seitenwände zeigten in weiten Abständen kleine schmale Fenster wie Schießscharten. Rechts brannte ein Feuer im Kamin, vor dem bewegungslos drei alte Männer saßen. An der Seite gegenüber befand sich der Ladentisch, von dem ein bestimmter Teil dem Verkauf der Waren des staatlichen Monopols, Salz und Tabakwaren, vorbehalten blieb, während der andere Teil dem Verkauf von Lebensmitteln diente. Hinter dem Tisch, und zwar auf der Seite von Salz und Tabakwaren, erblickte er, unter langem, rabenschwarzem Haar, das in dem spärlichen Licht schimmerte, das durch eins der kleinen Fenster drang, ein abgezehrtes, bleiches, wie von allem Blut entleertes Frauengesicht. Er war, kaum hatte er die Schwelle übertreten, stehengeblieben, ohne daß Gavino an seiner Seite das geringste Zeichen von Ungeduld gab. Mit halbgeschlossenen Augen sog er, wie ein Kokainist, die Luft ein, die den Raum durchdrang: Es roch nach frisch gesägtem Holz und nach einfachen Lebensmitteln. Dieses Dämmerlicht, die trockene Wärme, die drei Gäste dort, jeder mit einem Glas in der Hand (der Widerschein der Flammen hob die Runzeln in ihren greisen Gesichtern hervor, als seien sie hineingeschnitzt), der Kopf der Frau hinter dem Ladentisch, der Geruch von Sägespänen, von Wurst, geräucherten Fleischwaren, Eingemachtem und so weiter – er meinte, in eine Schutzhütte im Hochgebirge geraten zu sein: genauso. Wie glücklich er hier wäre, wenn er es nur einrichten könnte zu bleiben, dachte er, nun schon ohne die Kraft, noch länger gegen seine Niedergeschlagenheit anzugehen, die er so entschieden zu überwinden gesucht hatte vom Augenblick an, in dem er Gavino gesehen hatte. Nun, er hatte es ja gleich gewußt, daß er sich hier drinnen wohl fühlen würde!

Aber als er wenig später draußen wieder eintauchte in Luft und Licht des Tages, empfand er das als einen wohltuenden Schock, der ihn neu belebte. In der Sonne leuchtete der rote Backstein des Tuffanelli-Hauses so frisch und lebhaft, als ob jemand es gerade abgewaschen hätte. Und als er einen Augenblick auf der Brücke stehenblieb, um auf das Wasser der Valle Nuova zu blicken, überraschte ihn dessen tiefe, leuchtende Bläue. Es war nicht nur draußen blau, wo ein steifer kalter Wind es hier und da mit Schaum krönte, sondern auch in Ufernähe, dort, wo es, halbverdeckt zwischen den Lidi, in windungsreichen Buchten bis auf zwei-, dreihundert Meter an das Wohngebiet herankam.

Nur daß er schon wieder ein wenig später, als sie auf der nach und nach vom Wasser immer mehr eingeschnürten Straße weiterfuhren – eigentlich nur eine Art Feldweg –, die vom Tuffanelli-Haus zu den Lungari di Rottagrande hinausführte, neue Gründe für Unzufriedenheit und Mißvergnügen fand.

Zuerst und vor allem den Hund, genauer die Hündin, Gavinos. Da sie noch jung und von überschäumendem Temperament war (übrigens eine Kreuzung von Bracke und Setter, von mittlerer Statur und ziegelrotem Fell), war es ganz ausgeschlossen, daß sie nur einen Augenblick ruhig blieb. Gavino konnte sich noch so große Mühe geben, konnte im Dialekt auf sie einreden, ihr die schlammbespritzten Flanken streicheln oder sie scheltend auf ihren Platz zu seinen Füßen zurückdrängen, ja, schließlich sie prügeln – es war alles umsonst. Sogar dann noch, als sie anscheinend auf ihr Toben verzichtet hatte und nicht mehr jeden Augenblick ihren Seehundskopf zwischen den Stiefeln ihres Herrn hindurchsteckte, war darum der Wagen nicht weniger erfüllt von ihrer Anwesenheit, ihrer Besessenheit, ihrem Dasein. Von dem Geruch ganz abgesehen, machte sie sich mit Pfeiftönen bemerkbar, winselte und war überhaupt in ständiger Erregung. Sollte er halten, das Tier aus dem Wagen lassen, damit es sich austoben konnte, indem es ihnen nachlief? Daran sei nicht zu denken, hatte ihm Gavino bereits erklärt. In ihrem Zustand einer hochgespannten Erregung war sie imstande, ins Wasser zu springen – was das Risiko mit sich brachte, daß man sie gerade, wenn man sie brauchte, nicht bei der Hand hatte.

Und dann Gavino selbst (Aleotti Gavino, wie er Gelegenheit fand zu präzisieren), oder besser gesagt, die Gedanken, die er sich über ihn machte.

Während der Fahrt hatte er allmählich allerlei über ihn erfahren – daß er aus Codigoro war, verheiratet und Vater eines Kindes, daß er von 1944 bis zur Befreiung *aktiver Partisan* gewesen war und daß er jetzt, abgesehen davon, daß er zwischen November und Februar im Auftrag des Consorzio Bonifiche ein bißchen bei der Jagd behilflich war, den Rest des Jahres abwechselnd Land- und Bauarbeiter war. Nicht viel im Grunde, was er da erfahren hatte, wenn man bedachte, daß es ihm nicht gelungen war, den Hauptpunkt, nämlich die Frage, ob er noch immer Kommunist war, zu klären (höflich, geduldig und wortkarg, wie er war, konnte er es durchaus sein).

Dabei war es noch nicht einmal das, was ihn am meisten beunruhigte, sondern einfach seine physische Gegenwart – wie die des Hundes, nur in stärkerem Maße. Denn seltsam: Anstatt daß die gelassene Ruhe, mit der dieser Mann den Platz neben ihm einnahm, ihm angenehm war, machte sie ihn nervös, empfand er sie als beklemmend. Immer wieder fiel sein Blick auf die rechte Hand Gavinos, die auf dem grünlichen Gummi des hohen Wasserstiefels ruhte, eine große, längliche Hand, mehr die eines Sportlers als eines Arbeiters – eine braune, kräftige und zugleich sensible Hand, mit kaum beschädigten Fingernägeln und von kleinen Büscheln rötlichen Haars bedeckt. Und immer, wenn er wieder hinsah, mußte er mit zunehmender Verlegenheit, mit wachsendem Unbehagen, an Ulderico denken. War Gavino, so fragte er sich, vielleicht ein unehelicher Sohn Uldericos, aus der Zeit vor seiner Heirat? Nach den Händen bezog er auch die Gestalt in den Vergleich ein, dazu die hellen Augen,

den kleinen Kopf und vor allem die Ruhe und Sicherheit, die aus jeder Gebärde sprachen, bei dem einen wie dem anderen. – Warum nicht? Wenn man sich überlegte: erst stundenlang warten, ohne sich vom Platz rühren zu können, und dann nichts sagen! Diese, ehrlich gesagt, ein bißchen übertriebene Zuverlässigkeit, mit der er die Verabredung eingehalten hatte, ließ sich eben auch so erklären.
Wieder wandte er sich zur Seite, warf einen Blick auf die Hand und musterte verstohlen sein mageres gebräuntes Gesicht mit dem klaren, scharfen Profil. – Gut, der Wind hatte sich gedreht, überlegte er, trotzdem mußte ihn auch Gavino, wie zuvor Bellagamba, mindestens für etwas überspannt halten, wenn er glaubte, zu dieser vorgeschrittenen Tageszeit noch etwas schießen zu können! Allerdings, im Unterschied zu Bellagamba, sagte Aleotti Gavino so gut wie nichts, erlaubte sich nicht die geringste Anspielung; das war entschieden ein Vorteil, wie man natürlich zugeben mußte. Aber war dieser unbestimmte Ausdruck von Spott, der um seine vorstehenden Backenknochen spielte, nicht weit beredter und bedrückender als alle Worte? Während er diese Überlegungen anstellte, warf er sich vor, selbst darauf bestanden zu haben, daß Gavino zu ihm ins Auto stieg. Was für einen Fehler er damit begangen hatte! Hätte er ihn doch sein Moped benutzen lassen (bevor Gavino sich entschlossen hatte, zu ihm ins Auto zu steigen, hatte er sein Moped schweren Herzens bei dem Pförtner des Tuffa-

nelli-Hauses in Verwahrung gegeben), dann hätte er Gavino unter Umständen auch nach Hause schikken und sich von seiner Gegenwart befreien können. Jetzt dagegen waren sie aneinander gefesselt.

Seit einiger Zeit war die Straße zu einem bloßen Fußweg geworden, der auf einer engen Landzunge, zu beiden Seiten von weiten Lagunenflächen flankiert, schnurgerade ins Endlose verlief. Jetzt müßten wir eigentlich am Ziel sein, dachte er. Er erkannte die Gegend genau wieder, und plötzlich tauchte auch das Heck des Bootes zwischen zwei Tamariskensträuchern auf.

Er fuhr langsamer; dann stellte er den Wagen auf der linken Seite ab, so daß er etwaigen anderen Fahrzeugen nicht den Weg versperrte; er stellte den Motor ab, zog die Handbremse und schaltete den Rückwärtsgang ein. Dann öffnete er die Tür und stieg aus. Da Gavino, der sich noch mit seinem Hund plagte, nicht sogleich folgen konnte, ging er allein auf das Boot zu.

Da war es; er berührte es mit dem Fuß. Mit seinem dunklen Anstrich, schlank wie eine Gondel, doch mit flachem Boden, sah es genauso aus wie die Boote aus der Zeit vor dem Krieg. Auch die schwimmenden künstlichen Köder – Lockvögel aus Leichtmetall und Kork – die dort unten auf der halb im Wasser liegenden Bugseite aufgestapelt lagen, schienen mehr oder weniger von der gewohnten Art zu sein: farbenfreudig wie einst – wie immer ...

Er hob den Kopf.

Der Wind pfiff in den tropfenden Zweigen von Weiden und Tamarisken am Ufer und beugte die dünnen grauen, wie gefiederten Rohre, die einige gegenüberliegende kleine Inseln bedeckten. Es war kalt, bei weitem kälter als in Volano. Aber wenn er erst seine Wasserstiefel angezogen und unter seiner Montgomery-Joppe, die er vorsorglich zusammen mit seinem wasserdichten Tarnmantel bereits am gestrigen Nachmittag in den Kofferraum seines Wagens gelegt hatte, einen zweiten Pullover übergestreift hatte, dann würde er von der Temperatur nichts mehr zu fürchten haben.
In sehr großer Entfernung meinte er schießen zu hören. Er beugte sich vor. Ja, es waren Schüsse. Schüsse aus Jagdgewehren. Die Salven folgten in ziemlich kleinen Abständen aufeinander. Vor allem kamen sie regelmäßig, ohne Unterbrechung.
»Hören Sie das Schießen?« fragte er Gavino, der inzwischen ebenfalls aus dem Wagen gestiegen war. Der junge Mann beschränkte sich darauf, mit dem Kopf zu nicken. Er hatte den Hund losgelassen, der etwa fünfzig Meter weit gelaufen war und nun bewegungslos am Ufer verharrte und mit gespannter Aufmerksamkeit auf irgend etwas vor ihm starrte. Die beiden Gewehre und das Paket mit den Sandwiches und dem Sprudel hatte Gavino ein paar Schritte von ihnen auf den Boden gestellt.
»Auch die Sachen aus dem Koffer hinten müssen herausgenommen werden«, sagte er. »Nehmen Sie hier den Schlüssel.«

Und wieder ließ er seine Blicke über die Lagunenlandschaft gleiten in dem Versuch, herauszubekommen, woher genau das Geräusch der Schüsse kam. Er spannte seinen Gehörsinn aufs äußerste und kniff die Augen zusammen. War es denn möglich, daß jemand in der Gegend der Via Romea jagte? So weit von der Küste entfernt?

3

Inzwischen hatte er sich in der Tonne niedergelassen. Er kauerte auf dem kleinen unbequemen Schemel auf dem Boden und verfolgte von dort, aus einer Entfernung von etwa dreißig Metern, die Bewegung Gavinos. Die beiden Jagdgewehre standen griffbereit an die Tonnenwand gelehnt; alle in unmittelbarer Nähe befindlichen Gegenstände waren für ihn durch den oberen Rand der Tonne verdeckt (mit Ausnahme des Bootes, das er fast vollkommen überblicken konnte); und im Zentrum des Ausschnitts, den die parallel senkrecht nach oben gerichteten Gewehrläufe bildeten, stand Gavino, bis zu den Knien im Wasser, und beugte sich über die bunten künstlichen Sumpfvögel, etwa so wie ein Puppenspieler sich über sein Marionettentheater beugen mag.

Er senkte den Blick und sah auf das Zifferblatt seiner Armbanduhr.
Es war nun tatsächlich etwas später geworden, als Bellagamba vorausgesagt hatte, stellte er spöttisch lächelnd fest: Viertel nach zehn. Aber was machte es ihm schließlich aus, ob es früh oder spät war! Nun wieder in der gleichen seelischen Verfassung wie vor ein paar Stunden bei seinem Erwachen, beschränkte er sich jetzt aufs Sehen und Hören: So horchte er auf das gedämpfte Winseln des Hundes, der an einer Dolle des Bootes festgebunden war, auf die Schreie von vorüberfliegenden Vögeln und die Flintenschüsse, die immer wieder einmal an der entgegengesetzten Seite der Lagune, in der Gegend der Via Romea, hörbar wurden. Das genügte ihm, und er hatte schon genug davon.
Langsam sah er sich um.
Im Vergleich zu der Zeit, in der er mit Ulderico hierherzukommen pflegte, hatte sich die Valle Nuova beträchtlich verändert; und wenn es im selben Tempo weiterging, würden in den nächsten fünfzehn Jahren die Pumpanlagen des Consorzio Bonifiche wohl auch das heute noch vorhandene Wasser gänzlich aufgesogen haben. Er fand es nicht leicht, sich zu orientieren. Zum Beispiel die nur ein paar Quadratmeter große Insel, an deren Rand sich die Tonne befand – wo lag sie eigentlich? An welchem Punkt genau innerhalb des großen Beckens?
Rechts, zu der Straße Pomposa–Volano hin, die, auf einem kleinen Damm gelegen und daher klar er-

kennbar, mit dem bloßen Auge geschätzt nur ein paar Kilometer entfernt schien, erstreckte sich ein flacher, langer Lido, der mit einer dichten tabakfarbenen Zwergvegetation bedeckt war, die an das Fell eines alten Ackergauls erinnerte. Wenn er nach der entgegengesetzten Richtung, nach links, gegen die Sonne, blickte, sah er eine Insel von der gleichen Art und den gleichen Dimensionen wie die, auf der er sich befand, und die von ihm so weit wie der Lido entfernt lag, etwa hundert Meter, nicht mehr; und dahinter, ebenfalls wieder nur etwa zwei Kilometer weiter entfernt, lag ein Streifen Land, der sich kaum über den Wasserspiegel erhob: die Lungari di Rottagrande, mit dem im Licht schimmernden winzigen Käferrücken seiner Aprilia genau in der Mitte. Gegenüber schließlich sah er in etwa ebenso weiter Entfernung das mit Pappeln bestandene Ufer des Festlands. Gut. Die Tonne befand sich also in der mittleren Region der Valle Nuova, an einem Punkt, der ungefähr gleich weit von allen Ufern entfernt war ...

Die Zeit wurde ihm lang. Wenn er ein bißchen bequemer säße, dachte er, und nicht so wie auf dem Abort, hätte er vielleicht ein bißchen schlafen können. Aber dafür konnte er daran denken, eine Kleinigkeit zu essen. Je eher er es tat, desto besser; es war reiner Zeitgewinn.

Er tastete auf dem Boden der Tonne nach dem Päckchen mit dem Sandwich und der Flasche Sprudel, das neben den beiden Kartons mit der Munition lag. Er legte es sich auf die Knie und zog sich die Handschuhe aus. Darauf öffnete er das Paket an einer Seite und entnahm ihm nur den Sandwich. Den Sprudel sparte er sich für später auf.

Er hieb die Zähne in den Sandwich und biß ein Stück ab. Aber schon war ihm der Hunger vergangen, vollkommen. Überdies ärgerte es ihn, daß das Brot (was er vorhin im Dämmerlicht der Baracke nicht erkannt hatte) nach Art des französischen Weißbrots gebacken war, einer Brotart, die, wie man sah, sich jetzt also auch auf dem Lande einbürgerte. Außerdem: Sollte das Mortadella sein, was ihm die Frau in der Baracke da zwischen die Brothälften gelegt hatte? Fett war es allerdings, das war unbestreitbar! Puh! Aber grobkörnig und mit einem etwas ranzigen Geschmack, der ihn an die Jahre 1942/43 erinnerte, an die Zeit der Lebensmittelkarten, in der er mit ebenso großer Bereitwilligkeit wie Mühe den Versuch unternommen hatte, ein guter Ehemann zu werden: die schlechtesten Jahre seines Lebens, im Grunde ...

Gavino war fertig.

»Gott sei Dank!« brummte er.

Mühsam schluckte er die Bissen hinunter. Und während er weiterhin mit dem in Butterbrotpapier gewickelten Paket auf seinen Knien hantierte (seine erste Regung war gewesen, den Sandwich fortzuwerfen, doch hatte er schließlich davon Abstand genommen), beobachtete er unverwandt, wie Gavino auf die Tonne zukam.

Breitbeinig kam er näher und legte ab und zu den Kopf zurück, um einen prüfenden Blick zum Himmel zu werfen. Näherkommend schien er, von unten gesehen, größer, als er in Wirklichkeit war, ja, er wurde immer größer. Der Hund hatte aufgehört zu jaulen. Er sah ihn nicht. Aber er stellte sich vor, wie er dasaß: bewegungslos wie eine Statue, in Erwartung der Befehle seines Herrn.
Jetzt stand Gavino über ihm.
»Haben Sie sie gesehen? So viele –« sagte er.
Er machte wohl Scherze, dachte er. Nein, er sprach im Ernst, aber so, als kostete es ihn Mühe, ernst zu bleiben.
»Nein, ich habe nichts gesehen«, antwortete er. »Ich habe angefangen zu essen.«
Der andere wies auf die Browningflinte.
»Es geht ein ziemlicher Wind, darum ziehen sie in großer Höhe. Aber mit der Flinte können Sie so viel herunterholen, wie Sie wollen; Sie werden sehen.«
Erst jetzt bemerkte er das Eßpaket, das Edgardo auf den Knien hielt.
»Hat es geschmeckt?« fragte er.
»Nicht besonders.«
Aber vielleicht liege es daran, daß er noch nicht genug Hunger habe, fügte er hinzu. Freilich sei die Mortadella nicht von der besten, und im übrigen möge er kein französisches Weißbrot. Das sei noch nie nach seinem Geschmack gewesen.
Gavino lächelte, oder zumindest kam es ihm so vor, und da hielt er ihm das Paket hin.

»Möchten Sie es?« fragte er. »Bitte, genieren Sie sich nicht!«
Zu seiner Überraschung nahm Gavino es an, ohne Umstände zu machen. Er hatte nicht einmal danke gesagt. Nachdem er es in eine Tasche seiner Joppe gesteckt hatte, bückte er sich und stellte den leeren Korb, in dem die künstlichen Köder gelegen hatten, ins Boot und streichelte vermutlich seinen Hund. Ob er gekränkt war? Bei Lichte besehen, hatte er ihm ja einen Rest angeboten, einen schlechten obendrein.
»Aber Sie müssen wissen, ich habe schon hineingebissen«, sagte er.
»Aber ich bitte Sie! Machen Sie sich deswegen keine Gedanken!«
Doch er war nicht ganz überzeugt und wollte es wieder gutmachen.
»Nehmen Sie auch ein Gewehr«, bot er ihm deshalb an.
»Ein Gewehr?« fragte Gavino überrascht und richtete sich langsam zu seiner vollen Größe wieder auf. »Was soll ich damit tun?« fragte er, den Blick auf ihn gerichtet.
Jetzt geschah das gleiche wie in Volano vor dem Tuffanelli-Haus, als er – ohne zu ahnen, daß er es gleich darauf bedauern würde – ihn so gedrängt hatte, er solle sein Moped zurücklassen und zu ihm ins Auto steigen. – Warum er denn kein Gewehr nehmen wolle, fragte er ihn. Von der Insel dort in der Nähe – und er wies mit der Hand in die Rich-

tung – könne er all die Vögel schießen, die er zuvor verfehlt hatte; und wer weiß, wie viele er nach einer Pause von fünfzehn Jahren, die er nicht mehr in die Valli gekommen war, verfehlen würde! Aber nein, Gavino schien unerschütterlich zu sein. Nicht, wohlgemerkt, erwiderte er lächelnd und den Kopf schüttelnd, nicht etwa, daß die Idee, auf das Federwild zu schießen, keinen Reiz für ihn habe. Im Gegenteil. Nur, jeder bleibe bei seiner Rolle. Und die seine bestünde nunmehr darin, die Herren an den Platz zu bringen (er sagte tatsächlich *nunmehr* und *die Herren*, während er gleichzeitig mit dem Kinn in die Richtung der Via Romea wies) und dann, nach beendigter Jagd, mit dem Boot die Runde zu machen und die Toten und Verwundeten einzusammeln.

Am Ende aber willigte er ein.

»Also gut«, sagte er. »Wie Sie wollen.«

4

Er ergriff die Browning am Schultergehänge, zog sie hoch und begann damit zu hantieren.

Er faßte sie an mit der Geschicklichkeit und Unbefangenheit eines im Umgang mit Waffen überaus geübten Mannes, aber zugleich auch mit einem gewissen Mißtrauen, einer heimlichen Verachtung. Was mochte ihm durch den Kopf gehen? Wahrscheinlich überlegte er sich, was die Waffe gekostet haben mochte. Das war das Ganze!

»Eine prächtige Büchse«, sagte er schließlich und verzog den Mund zu einem Grinsen. »Sie haben sie in Ferrara gekauft, nehme ich an!«

»Nein, in Bologna.«

»Ach so.«

Ein paar Augenblicke lang versenkte er sich ganz in das Studium der einzelnen Teile wie Lauf, Schloß und Abzug; vor allem aber interessierte ihn die Sicherung, die aus einem anderen Stahl gemacht war, weiß, matt, wie versilbert.

»Sie ist neu. Haben Sie sie schon ausprobiert?«

»Ich habe sie im September vorigen Jahres gekauft und muß sie noch einschießen.«

»Und die da? Was ist das: eine Krupp?«

»Ja«, antwortete er. »Eine alte *Drei Ringe* noch aus der Zeit vor dem Krieg. So von 1928 oder 30.«

»Die könnten Sie mir geben.«

»Nein, nein«, beeilte er sich zu antworten. »Fangen Sie nur mit der Browning an, einstweilen; später können wir ja immer noch tauschen.« Er bückte sich, um etwas auf dem Boden der Tonne zu suchen, angelte das Etui heraus, das das Verlängerungsstück enthielt, und eine Schachtel mit Patronen.

»Hier«, sagte er und reichte beides Gavino.

Mehr als für das Verlängerungsstück schien sich der junge Mann für die Patronen zu interessieren.

»GP«, las er halblaut von der Schachtel ab.
Er schien unschlüssig und nachdenklich zu sein. Doch dann hängte er sich das Gewehr mit dem gewohnten Gleichmut über die Schulter, öffnete die Schachtel, der er ein paar Patronen entnahm, die er dann, nachdem er sie zerstreut auf der flachen Hand gewogen hatte, in die Hosentasche steckte. Aber als er sich niederbeugte, um die geöffnete Patronenschachtel ins Boot zu stellen, hatte er fragend die Stirn gerunzelt.
Was bedeutete das? War noch etwas nicht in Ordnung?
»Es heißt, daß die Rottweiler und die MB-Patronen noch besser seien«, sagte er. »Schneller.«
Gavino antwortete nicht. Er hatte sich wieder aufgerichtet und sah nun, den Oberkörper nach rechts gedreht, nach oben.
Auch er blickte, in der gleichen Richtung, prüfend zum Himmel, und fast unmittelbar darauf machte er einen einsam ziehenden Vogel aus, der in einer Höhe von etwa hundert Metern sich langsam auf sie zu bewegte.
»Was ist das?« fragte er.
»Es sieht wie ein Reiher aus«, sagte Gavino.
Es handelte sich um einen ziemlich mächtigen Vogel, mit zwei großen, sehr großen Flügeln, die in einem gewissen Mißverhältnis zu dem kleinen und grazilen Körper standen. Er flog mit sichtlicher Anstrengung. Den langen s-förmigen Hals zwischen die Schultern gezogen und die weiten braunen Flü-

gel, schwer, wie aus Stoff, ausgebreitet, wie um sich ein so großes Volumen von Luft wie nur möglich unter den Leib zu saugen, schien er doch nicht gegen den Wind anzukommen, vielmehr im Begriff, den Halt zu verlieren und wie ein Fetzen fortgefegt zu werden.

Was für ein komisches Tier, dachte er.

Er sah, wie er langsam das Stück der Lagune überflog, das den Lido von der Tonne trennte, bis er senkrecht über ihren Köpfen schwebte, so gut wie auf der Stelle verharrend und nach und nach ein wenig an Höhe verlierend. Was ihn in diesem Augenblick anzog, waren zweifellos die ausgelegten Lockmittel. Aber vorher? Bis vor kurzem noch? Was für ein wunderliches Tier! Es lohnte, der Frage nachzugehen, was ihn bewogen haben mochte, so lange gegen den Wind geflogen zu sein, und was er hier, so weit fort von allen Ufern, mitten in der Lagune suchte.

»Aber ich glaube nicht, daß er gut schmeckt«, sagte er.

»Da haben Sie recht«, stimmte ihm Gavino bei. »Er schmeckt nach Fisch, genauer gesagt, nach Möwe. Aber ausgestopft macht er noch immer Eindruck.«

Der Reiher kam noch tiefer herab. Jetzt erkannte man sogar klar die Klauen, die dürr wie Dornen waren und die sich nach hinten streckten, erkannte deutlich den großen spitzen Schnabel und den kleinen Reptilienkopf. Doch plötzlich, wie erschöpft von der Anstrengung, oder auch, als habe er auf einmal eine Gefahr gewittert, warf er sich auf den Rücken und verschwand, rasch an Höhe gewinnend, in wenigen Sekunden in der Richtung des Glockenturms von Pomposa.

»Er muß etwas gemerkt haben«, sagte Gavino lachend. »Er wird sich gesagt haben: Ziehen wir lieber in freundlichere Gefilde.«

Es war zum Lachen, gestand er sich ein, aber er hatte keine Lust zu lachen.

Er zeigte auf das Ufer gegenüber.

»Wenn es nur nicht darauf hinausläuft, daß er sich nun ein bißchen weiter weg abschießen läßt«, brummte er.

»Aber nein«, versicherte Gavino, der schon mit einem Bein im Boot war. »Sie werden sehen, daß er in Kürze wieder in dieser Gegend seine Kreise ziehen wird.«

Mehr sagte er nicht. Er schob das Boot ins Wasser und begann alsbald, im Heck stehend, das Fahrzeug mit dem Ruder abzustoßen und sich zu entfernen.

Er sah ihm nach, mit der Hand die Augen vor der Sonne schützend. Er beobachtete, wie er an seinem Ziel ankam, an Land stieg und das Boot mit dem Bug auf das Ufer zog, wie er den Hund von der Dolle losband, sich dann bückte, um die Patronenschachtel vom Deck des Bootes aufzuheben, und wie er schließlich, nachdem er etwas höher geklettert war, sogleich hinter einem Gebüsch von Schilfrohr Deckung suchte. Bevor er seinen Blicken so gut wie ganz entschwand (er mußte eine Sitzgelegenheit gefunden haben — jetzt ragte er nur mit einem Stück seiner Mütze über das Dickicht), hatte er den Arm erhoben, wie um ihm zu melden: *Hier bin ich.* Und mechanisch hatte er ihm mit der gleichen Gebärde geantwortet.

5

Vom Starren auf die lange, dichte Reihe der Lockmittel, die Gavino unten vor der Tonne ausgelegt hatte, war er schläfrig geworden. Ja, er war eingeschlafen. Vielleicht hatte er sogar geträumt. Plötzlich schreckte ihn ein Pfiff auf, der von links kam, kurz, energisch, und der ihn mit einemmal wach machte. Er blickte nach oben.

In einer Höhe von etwa siebzig, achtzig Metern zog ein halbes Dutzend Enten vorüber. Doch, es waren Enten, dachte er, während er die Doppelflinte, die er zwischen den Beinen gehalten hatte, an den Tonnenrand lehnte. Das sagte ihm die Art ihres Fluges, der ungestüme, drängende und zuckende Rhythmus ihrer kurzen und gedrungenen Flügel. Aber zu welcher Familie gehörten sie? Es war nie seine Stärke gewesen, auf Anhieb die verschiedenen Arten der Sumpf- und Wasservögel in den Valli zu erkennen. Und von Enten gab es Dutzende von Arten.

Sie flogen in geschlossenem Verband: eine an der Spitze, dahinter die anderen, zum Dreieck formiert, wie ein Jagdgeschwader.

In Eile, wie jemand, der, ein wenig verspätet, so rasch wie möglich zur Verabredung kommen will, bewegten auch sie sich in Richtung auf die Via Romea. »Gute Reise!« murmelte er. Falls es nicht noch im letzten Augenblick zu einer Kursänderung kam, würden sie in etwa einer Minute in Schußweite der am gegenüberliegenden Ufer postierten Jäger sein.

Sie hatten nicht haltgemacht. Bei dem Wind, der sie trug, war es ausgeschlossen, daß sie umkehrten. Aber kaum hatte er das gedacht und seine Doppelbüchse wieder zwischen die Beine genommen, als er bemerkte, wie sich zwei von ihnen, zwei fast nicht mehr wahrnehmbare Punkte vor der dunklen Wolkenwand, die sich über dem Festland zusammenzog, jählings von der Gruppe lösten und, nachdem sie ausgeschert waren und einen weiten Bogen beschrieben hatten, nun zurückkamen.

Er griff wieder zur Krupp-Flinte. Tatsächlich: Es waren zwei, vielleicht sogar ein Paar, das zusammengehörte, Männchen und Weibchen. Im Vorbeifliegen hatten sie die Lockmittel bemerkt. Und jetzt kehrten sie zurück, um noch einmal genauer hinzusehen, um sich Klarheit zu verschaffen. Nach der Langsamkeit zu urteilen, mit der sie größer wurden, kamen sie nur mit Mühe vorwärts – kein Wunder, denn sie hatten den Wind gegen sich. Aber abgesehen vom Wind: Waren sie nicht vielleicht auch unschlüssig? Zögerten sie nicht vor der Entscheidung über den einzuschlagenden Kurs? Wer weiß, vielleicht würden sie an einem bestimmten Punkt aufgeben. Eine abermalige Kehrtwendung, und in wenigen Augenblicken wären sie verschwunden ...

Über eine Stunde blieb er so sitzen, die Flinte in der Hand, und sah den Vögeln zu, die über seinem Kopf vorüberflogen. Er schoß nicht; er versuchte es auch nicht ein einziges Mal. Wer da schoß und nacheinander jeden Vogel, der sich auf Schußweite genähert hatte, herunterholte, war nur Gavino hinter seinem Rohrdickicht. *Pam-pam. Pam-pam-pam. Pam-pam-pa-pam. Pam-pam-pam-pam-pam.* Bei Serien von je zwei, drei, vier, sogar fünf aufeinanderfolgenden Schüssen verfehlte er selten ein Ziel. Und mit einem dumpfen Aufprall fielen die Vögel, tödlich getroffen oder verwundet, ins Wasser.

Die ersten, die herunterkamen, waren die beiden Enten gewesen – wahrscheinlich zwei echte Wildenten –, die, nachdem sie sich schon so weit entfernt hatten, daß sie fast das gegenüberliegende Ufer der Valle Nuova erreicht hatten, dann doch noch umgekehrt waren, wobei sie hartnäckig gegen den Wind ankämpften. Das gleiche Schicksal traf, ein wenig später, ein Paar Pfeifenten, die ebenfalls von der Meerseite gekommen waren, aber plötzlich herabgestoßen waren und im Gleitflug über den Lockmitteln schwebten. Dann wieder eine einzelne Wildente. Schließlich, zu wiederholten Malen, eine lange Prozession von Wasserhühnern. In kurzer Zeit stieg die Zahl der von Gavino abgeschossenen Vögel auf etwa dreißig. Er hingegen, in seiner Tonne kauernd, tat nichts. Er sah zu; und das war alles.

Die ganze Zeit über war ihm ein wenig so, als ob er träume.

Die beiden ersten Enten, zum Beispiel, hatte er näherkommen sehen, bis sie, in einer Höhe von mehr als hundert Metern, fast bewegungslos vor der Tonne verharrten. Plötzlich jedoch hatten sie sich kopfüber herabgestürzt. Mit voller Wucht herabstoßend, mit den aufgerissenen braunen Schnäbeln und den gleichfalls weit geöffneten, blutunterlaufenen kleinen runden Augen, waren sie wie der Blitz über ihm – auf einmal groß und erschreckend. Sie griffen ihn nicht an, sie streiften ihn nur, glitten vorbei. Doch einen Augenblick später: *pampam*, zwei Schüsse. Und im Magen hatte er den harten Rückschlag gespürt.

Auch das Wasserhuhn, das etwas später, mit dem pfeifenden Geräusch eines Projektils, ganz nah an ihm vorbeischwirrte, meinte er weniger in Wirklichkeit, als vielmehr im Traum gesehen zu haben. Es sauste, mit weiß Gott welcher Geschwindigkeit, quer über die Lagune. Dabei hatte er Gelegenheit gehabt, seine Erscheinung in allen Einzelheiten zu beobachten, so als schwebe der Vogel auf der Stelle, wie fotografiert, wie für alle Ewigkeit in der Luft blockiert. Das schiefrig-schwarze Gefieder, leicht

gelboliv auf dem Rücken, dagegen schwarz Kopf, Hals, Schwanz und die Federn unter dem Schwanz; die unteren Teile ein wenig heller; die Flügelspitzen weiß; der flache Schnabel bläulich; die Füße grün, ins Orange spielend, zum Schenkel hin; die Iris rot im glasig aufgerissenen Auge. Wie es nur in Alpträumen geschieht, hatte er in einem einzigen Augenblick – dem Augenblick, bevor die fünf Schüsse Gavinos, die den Vogel im Fluge trafen, ihn wie ein Kleiderbündel ins Wasser stürzen ließen – dies alles sehen und sich einprägen können – und unterdessen an alles denken, nur nicht daran, seine Krupp anzulegen und abzudrücken.
Nichts erschien ihm mehr wirklich. Gavino, drüben auf seiner Insel, mit gerunzelter Stirn, die rauchende Browning in der Hand, den Blick aufmerksam am Himmel kreisen lassend, um nicht überrascht zu werden; der Hund, zu seinen Füßen kauernd, doch bereit, nach jedem Schuß ins Wasser zu springen, um seinem Herrn die neue Beute zu apportieren, die er fest und hoch im triefenden Maul trug und die dem Haufen von toten oder sterbenden Vögeln hinzuzufügen war; schließlich er selbst, der in der Tonne saß, das Gewehr in der Hand wie Gavino, aber untätig, unfähig zu jeder Aktion . . . Wirkliches und Nichtwirkliches, Gesehenes und Eingebildetes, was nah war und was weit fort: Alles vermengte sich und ließ sich verwechseln. Sogar die gewöhnliche Zeit, die Zeit der Minuten und Stunden, gab es nicht mehr. Sie zählte nicht mehr.

Auf einmal – es mußte inzwischen bereits ein Uhr geworden sein – erkannte er den Reiher wieder.
In einer Entfernung von etwa zweihundert Metern flog er vorüber; wie das erste Mal kam er von Norden, und noch immer bewegte er sich so plump und langsam vorwärts wie eine alte Caproni-Transportmaschine. Er erschrak. So ein Dummkopf, dachte er. Er machte doch wirklich den Eindruck, als ob er aus purer Neugierde und ohne die geringste Notwendigkeit es am Ende fertigbrachte, sich selbst die Schlinge um den Hals zu legen.
Er flog niedrig, stellte er fest – sehr viel niedriger als das erste Mal. Wieviel Meter Höhe mochten es sein? Fünfzig, wenn es hoch kam. Jetzt brauchte er nur noch, von den Lockvögeln verführt, eine Biegung nach links zu machen, und schon konnte er ihn jeden Augenblick über dem Kopf haben. Mit dem Verlängerungsstück am Lauf konnte man ihn dann mit der Browning ohne weiteres herunterholen.
Er drehte sich zu Gavino um, der jetzt mit dem ganzen Kopf über das Röhricht hinausragte. Er schien unaufmerksam zu sein; sein Kopf ging hin und her. Ob er ihn noch nicht gesehen hatte? Oder hielt er ihn nicht einmal einer einzigen GP-Patrone für würdig? Auch das war möglich.
Trotzdem, er konnte es nicht glauben. Er erinnerte sich an seine Worte: *Ausgestopft macht er immer noch Eindruck;* und er bedauerte, daß er ihm nicht gleich unmißverständlich gesagt hatte, daß er ausgestopfte Vögel nie hatte ausstehen können.

Jetzt kam er auf ihn zu, kam immer näher und zeigte sich vor ihm – sein Herz hatte begonnen, gegen das Brustbein zu hämmern –, zeigte sich vor ihm mit einer außerordentlichen, ja fast unerträglichen Deutlichkeit. Von dem kleinen, vollkommen glatten Kopf wehte etwas nach hinten: Es war fein und dünn wie ein Faden, wie ein Fühler, wie, er wußte nicht was. Und gerade fragte er sich, was in aller Welt dies seltsame Gebilde sein konnte, und kniff, um besser sehen zu können, die Augen zusammen, als er unversehens in der von Sonne und Wind erfüllten Weite den Widerhall des gewohnten Doppelschusses vernahm.

6

Er fiel nicht sofort. Vielmehr bäumte er sich gleichsam auf in der Luft, flatterte, aus dem Rhythmus gekommen, mit den breiten, kastanienbraunen Flügeln, um dann gegen die Insel hin abzugleiten, von der die Schüsse gekommen waren. Er kämpfte um Halt und suchte wieder Höhe zu gewinnen. Aber dann gab er plötzlich nach und stürzte herab, daß man meinte, er müsse zerschmettert unten aufprallen. Wirklich, er war eine alte Transport-Caproni, hatte er gerade noch Zeit zu denken, während der Reiher senkrecht ins Wasser fiel und unterging –

von dem Typ, der vor dem Ersten Weltkrieg gebräuchlich war: ganz aus Leinwand, Draht und Holz.

Er glaubte er sei tot, und der Hund würde sich sogleich auf ihn stürzen und ihn apportieren. Aber nein, kaum war er wieder emporgetaucht, als er sich sogleich auf seinen Stelzenbeinen aufrichtete und das kleine Köpfchen ruckweise bald hierhin, bald dorthin drehte. Wo bin ich?, schien er sich zu fragen. Und was ist mit mir geschehen?

Bis jetzt hatte er nichts begriffen, einfach gar nichts. Jedenfalls so wenig, daß er, obwohl ihm ein Flügel, und zwar der rechte, an der Seite herabhing, auf einmal mit den Schultern eine Bewegung machte, als wolle er sich zum Fluge erheben. Erst in diesem Augenblick merkte er, daß er verwundet war. Und tatsächlich verzichtete er von nun an auf jeden weiteren Versuch dieser Art.

Aber indem er den Kopf unaufhörlich hin und her bewegte, diesen glatten, ein wenig geckenhaften Kopf, der an einen Lebemann erinnerte und den im Nacken eine seltsame, fast nicht wahrnehmbare fadenförmige Antenne verlängerte, suchte er sich dennoch zurechtzufinden und – wenn schon nicht die Umgebung selbst, so doch die Natur der ihn umgebenden Dinge zu erkennen. Nur wenige Schritte entfernt zum Beispiel hatte er, halb auf der Erde, halb im Wasser ruhend, das Boot bemerkt. Was war das? Wirklich ein Boot oder ein großes schlafendes Tier? In jedem Fall würde er ihm aus dem

Wege gehen. Besser, er riskierte es nicht, den Strand mit dem feinen, dichten Sand erreichen zu wollen, auf dem, dunkel und bedrohlich, dieses Ding lag, bei weitem besser! Übrigens spürte er den Schmerz in der Seite gar nicht mehr. Er brauchte den Flügel nur nicht zu bewegen, dann tat er auch nicht weh. Er konnte warten.

Angstvoll beobachtete er ihn, wobei er sich ganz in seine Lage versetzte. Auch er wußte sich so manches, was geschehen war, nicht zu erklären. Warum hatte Gavino geschossen? Und warum stand er jetzt nicht auf und gab noch einen Schuß ab, den Gnadenschuß? War dies nicht die Regel?

Und der Hund? Was fürchtete Gavino? Daß sich der Reiher, noch nicht zur Genüge ausgeblutet, mit dem Schnabel verteidigen könnte? Und der Reiher? Was würde er tun? Warten? Gut. Aber worauf? Und wie lange? Ihm schwindelte der Kopf, bestürmt, betäubt von Fragen, die ohne Antwort blieben.

So vergingen lange Minuten, bis er sich auf einmal bewußt wurde, daß sich der Reiher bewegt hatte.

Er kam auf ihn zu, stellte er fest, sobald er seine Augen mit der Hand gegen den blendenden Widerschein des Wassers abgeschirmt hatte, – genau auf die Tonne zu. Aber das war ja begreiflich: Er hatte die Lockvögel gesehen. Farbig, wie sie waren, und seitlich von der Sonne beschienen, war es nur natürlich, daß er in ihnen eine Schar wirklicher Vögel sah, die sich hier ihr Futter suchten. Da lohnte sich

wohl das Wagnis; eine Gefahr konnte es hier gewiß nicht geben.
Den Flügel im Wasser nachschleppend und mit Bedacht alle flachen Stellen meidend, kam er mit kleinen raschen Anläufen, nur unterbrochen durch jeweils eine kurze Ruhepause, immer näher. An den Lockvögeln vorbei drang er weiter vor, immer näher an ihn heran. Und schließlich stand er ihm gegenüber, nur noch einen Schritt von der Tonne entfernt und im Begriff, an Land zu gehen. Wieder hatte er eine Pause gemacht. Im großen und ganzen braun gefiedert, bis auf die zart gelblich-grauen Federn an Hals und Brust und abgesehen von dem Gelbbraun der Beine – einem Farbton wie von nacktem Knochen, wie von Reliquien –, stand er da, mit leicht zur Seite geneigtem Kopf und beobachtete ihn: neugierig, gewiß, aber nicht erschrocken. Und ohne sich zu bewegen, fast ohne zu atmen verharrend (er sah, wie der Reiher aus einer Wunde in der Mitte des Flügels, in der Höhe des Gelenks, Blut verlor), hatte er Gelegenheit, den Blick des Reihers ziemlich lange zu erwidern.
Er hatte sich jetzt an die Tonne gelehnt, wie ein fröstelnder alter Mann, der die Sonne sucht; er sah ihn nicht mehr, aber er hörte ihn. Alle Augenblicke wechselte er die Haltung, um eine günstigere zu finden oder auch nur, um sich zu schütteln. Groß, hager, schlecht proportioniert und obendrein halb gelähmt, fand er nur schwer eine bequeme Stellung. Immer wieder stieß er irgendwo an.

Freilich stand er minutenlang zufrieden und vollkommen bewegungslos. Was tat er dort, gut geschützt vor dem kalten, pfeifenden Meerwind, die noch sonnenwarmen Bretter der Tonne im Rücken? Ein wenig mochte er wohl sogar neuen Mut geschöpft haben. Obwohl er auch jetzt noch nicht viel von seiner Lage begriffen hatte, sah er sich wahrscheinlich immer noch um. Neue Kräfte sammeln, dies, so mußte er sich wohl sagen, war jetzt seine erste Aufgabe. Und sobald er das getan hatte, wollte er – zack – mit einem Schwung seine Flügel breiten und auf und davon fliegen.

Die Zeit verging, er wußte nicht, wieviel.

Auf einmal rüttelten ihn drei aufeinanderfolgende Schüsse, denen drei dumpfe Aufschläge folgten, schmerzlich auf.

Er wandte den Kopf in die Richtung Gavinos.

»Ist es noch nicht genug?« beklagte er sich leise.

Er wartete darauf, daß die Vögel wieder auftauchten (Wasserhühner, alle drei fest und dürr) und blickte auf die Uhr.

Leider war es erst zwei Uhr; und zum Schießen würde es wenigstens noch anderthalb Stunden lang hell genug sein. Aber auch wenn er für seine Person mehr als genug von dieser Jagd hatte, durfte er deshalb jetzt den Arm heben und Gavino das Zeichen geben, aufzuhören? Seit einiger Zeit zwar hatte sich der Reiher nicht mehr bewegt. Was aber sollte er mit ihm anfangen, falls er noch lebte? Ihn mit einem Schuß aus nächster Nähe erledigen? Nein, das kam nicht in Frage. Also ihn fangen? Sich über den Rand der Tonne beugen, ihn hochziehen, in die Arme nehmen und dann in die Stadt, nach Hause mitnehmen? In seinem Auto? Und wo ihn dann unterbringen? In einem Käfig, unten im Hof? Man brauchte nur an Nives zu denken, wenn sie ihn mit solch einem Tier nach Hause kommen sah, das zu alledem noch verwundet war und wer weiß was für Kosten, allein für den Tierarzt, verursachen würde. Er stellte sich ihre Proteste, ihr Geschrei und Gejammer vor . . .

Der Hund hatte gerade mit seinem Hinundherlaufen aufgehört. Er hatte das letzte Wasserhuhn aufgesammelt und seinem Herrn apportiert. Als er sich jetzt zufällig nach rechts wandte, zum Lido hin, sah er wieder den Reiher.

Von der Tonne hatte er sich bereits gut zehn Meter entfernt, und nach der eingeschlagenen Richtung zu urteilen, schien er es gerade auf den Lido abgesehen zu haben. Der Lärm der Schüsse vor kurzem hatte ihn gewiß erschreckt. Dann hatte er dreimal hintereinander den Hund hin und her laufen und schwimmen sehen, und jedesmal war er mit einem Wasserhuhn in der Schnauze wieder an Land gekommen; so hatte er, obschon verwundet und geschwächt durch den Blutverlust und daher mehr denn je von dem Wunsch erfüllt, dort, im Windschatten, den letzten warmen Sonnenschein zu genießen, plötzlich doch gemeint, daß es für ihn besser sei, sofort den Standort zu wechseln. Der lange Landstreifen dort, der dicht mit Pflanzen bedeckt war, die mehr oder weniger die gleiche Farbe wie sein Gefieder hatten und die zum größten Teil so hoch standen, daß er unbemerkt hindurchlaufen konnte, war vielleicht gerade das Gegebene für seinen Fall. Sich dort einstweilen verbergen, bis die nicht mehr ferne Nacht kam, und dann weitersehen. Denn es war ja nicht einmal gesagt, daß dieser Lido auf allen Seiten von Wasser umgeben war. Wer weiß, ob er nicht irgendwo auf der Rückseite mit dem Festland verbunden war. Und das Festland auf dem Landweg zu erreichen, bedeutete eine letzte Fluchtmöglichkeit, vielleicht geradezu die Rettung – oder auch, wenn nicht die Rettung, so doch die Gewähr, mindestens bis zum nächsten Tag am Leben zu bleiben. Er entfernte sich immer weiter, den zerschmetterten Flügel mühsam hinter sich herziehend; und er meinte, ihm all diese Überlegungen von seinem kleinen, schmalen, eigensinnigen Nacken ablesen zu können. Aber wie täuschte er sich da, mußte er plötzlich denken. Er täuschte sich derartig, der arme Dummkopf, daß er ihn — wenn es ihm nicht bei der Vorstellung, auf den Reiher zu schießen, vorgekommen wäre, er schieße in gewissem Sinn auf sich selbst — auf der Stelle getötet hätte. Wenigstens wäre es dann zu Ende gewesen.

Dritter Teil

I

Er wollte so schnell wie möglich wieder in Codigoro sein.
»Auf Wiedersehen«, sagte Gavino. »Sollten Sie mich noch einmal brauchen, können Sie mich immer durch den Herrn Ingenieur benachrichtigen lassen.«
»Schon gut.«
»Und besten Dank.«
»Wofür? Ich habe Ihnen zu danken.«
Er hatte bereits gewendet. Durch die Windschutzscheibe sah er vor sich die Wölbung der Hängebrücke. Im nächsten Augenblick würde er endgültig aufgebrochen sein, auf dem Weg zurück.
Er zog das Fenster hoch, und erst jetzt, nach einem ziemlich lebhaften Gespräch, das sie über die Jagdbeute geführt hatten – immer wieder hatte er versucht, dem andern alles en bloc zu überlassen; der aber hatte sich ganz entschieden geweigert, auch nur irgend etwas anzunehmen –, erst jetzt entschloß er sich, ihm ins Gesicht zu sehen. Wie er da voller Würde wie stets, aber in beinahe militärischer Haltung vor ihm stand (mit aufgesprungenen Lippen und dem abgezehrten Gesicht eines Menschen, der nicht genug zu essen hat, lächelte er ihm verhalten

zu, als wolle er sich entschuldigen), meinte er auf einmal, ihn, durch die schmutzige Scheibe hindurch, als das zu erkennen, was er wirklich war. Ein Tagelöhner, der fünfhundert Lire für die Arbeit eines Tages bekam, das war er. Ein Bauer, im Grunde ein armer Teufel.

Aber als er ein paar Minuten darauf, die kurvenreiche Straße nach Pomposa hinunterfahrend, auf diesen Gedanken zurückkam, war er keineswegs ein Trost für ihn. Da mochte er sich sagen: Ein Tagelöhner – und er wiederholte sich das Wort mit Hartnäckigkeit –, ein armer Teufel, trotz seines Gehabens halb als Herr, halb als KP-Mitglied, und seiner stolzen Weigerung, auch nur das geringste Geschenk anzunehmen, und seien es nur ein Paar Enten oder gar nur ein Gerippe von einem Reiher, nur noch gut, dem Tierkonservator zum Ausstopfen gebracht zu werden – ein armer Teufel, der weiß Gott wieviel Zeit brauchen würde, ehe er auf seinem Moped, der völlig erschöpfte Hund hinter ihm hertrabend, Codigoro erreichte. Aber das half alles nichts. Ohne daran zu denken, daß er bei diesem rasenden Tempo mit seinem Wagen in der Lagune landen könnte oder auch in dem breiten Kanal, der hinter Pomposa die Straße rechts flankierte, nahm er die Kurven so, daß die Reifen auf dem Asphalt knirschten, gerade, als ob ihm Gavino mit seiner Hündin und allem, woran die beiden ihn erinnerten, in immer geringer werdendem Abstand folgte, ja, ihm schon auf den Fersen wäre.

Mit beiden Händen das Steuer umklammernd, fuhr er, die Augen starr auf die Straße gerichtet – und ließ zugleich seine Gedanken schweifen.
In Codigoro würde es ihm doch wohl gelingen, sich der erlegten Vögel zu entledigen, die seinen Kofferraum füllten: eine lästige und widerliche Fracht; bei jeder Kurve meinte er zu hören, wie sie sich da hinten bald nach der einen, bald nach der anderen Seite verlagerte – eine schlaffe, weiche Masse. In Codigoro könnte er dann auch, hungrig, wie er war (denn tatsächlich, kaum hatte er das Tuffanelli-Haus und Volano hinter sich gelassen, als ihn plötzlich ein wilder Hunger peinigte, so daß er fürchtete, ihn durch nichts mehr befriedigen zu können), endlich einmal richtig essen – und nicht bloß den *schönen Steinbutt*, von dem Bellagamba heute früh um acht Uhr gesprochen hatte, sondern alles, worauf er Lust bekäme. Ferner: Der Aufenthalt in Codigoro, der übrigens durchaus auf dem Programm stand, würde ihm auch erlauben, seine Rückkehr nach Ferrara um wenigstens drei Stunden hinauszuzögern – Ferrara, das sich ihm jetzt, und zwar bei jedem Kilometer mehr, in immer düstereren, das Gemüt bedrückenderen Farben darstellte. Bei dem, was er vorhatte – essen, sich bemühen, bei irgend jemandem seine Jagdbeute loszuwerden, dann sich ein bißchen ausruhen (und Ulderico? Mußte er sich nicht auch bei den Cavaglieris sehen lassen?) – war es ausgeschlossen, daß er vor sechs Uhr die Rückfahrt antreten konnte. Und um sechs war es natürlich schon neblig

geworden. Schön. Dann würde er eben später nach Hause kommen: wenn der Tisch schon abgeräumt war oder sogar erst, wenn alle, einschließlich der Manzolis vom Parterre, bereits längst zu Bett gegangen waren.
Kurz vor Codigoro, auf der Höhe des Friedhofs, zwang ihn eine kompakte schwarze Dunstwolke, die wie eine Wand plötzlich vor der Motorhaube seines Wagens auftauchte, kräftig auf das Bremspedal zu treten. Nebel? Nein, wie Nebel kam es ihm nicht vor. Wahrscheinlich war es nur eine niedrig hängende Wolke, und ein Windstoß hätte genügt, sie zu vertreiben. Einstweilen aber – um Viertel nach drei Uhr nachmittags! – war es, als sei bereits die Nacht hereingebrochen. Und die reine, klare Luft, die ihn noch bis vor einem Augenblick umgeben hatte, gehörte schon der Vergangenheit an, einer so fernen, so weit zurückliegenden Vergangenheit, daß es gar nicht mehr zu glauben war.
Er fuhr im Schrittempo nach Codigoro hinein, mit abgeblendeten Scheinwerfern und angestelltem Scheibenwischer. Er konnte so gut wie nichts sehen. Der Nebel, dazu sein heftiger Wunsch, sich endlich an einen gedeckten Tisch zu setzen, vor allem aber diese anhaltende Empfindung, verfolgt zu werden – absurd, darüber war er sich klar, aber deswegen nicht weniger beharrlich –, ließen ihn unablässig auf die gelblich schimmernde Wand ohne Spalt und Ritze starren, die die Scheinwerfer vor ihm aufrichteten. Er kam nur mit Mühe vorwärts, als bewege

er sich in einem engen unterirdischen Gang, immer mehr von der Ungeduld geplagt, im Speisesaal des *Bosco Elìceo* zu sitzen. Den kleinen Empfangsraum und die oberen Stockwerke kannte er zwar mehr oder weniger. Doch wie mochte der Speisesaal sein, der offenbar auf der dem Treppenhaus entgegengesetzten Seite hinter dem Empfangsraum lag? Er stellte sich ihn noch immer gut besetzt vor – jetzt, um Viertel nach drei –, voll fröhlicher und lauter Gäste, gewohnt, stundenlang zu essen und zu trinken, langsam, ohne aufzuhören; es mußte heiß, sehr heiß da drinnen sein, strahlend hell von elektrischem Licht, die Luft geschwängert von allerlei Gerüchen: nach Speisen, feuchter Kleidung, eingefettetem Leder; und er mußte sich selbst wundern, daß ein solches Milieu, dem er sich unter normalen Umständen nur widerwillig ausgesetzt hätte, immer aus Furcht vor peinlichen Begegnungen, heute eine so starke, ja unwiderstehliche Anziehungskraft auf ihn ausübte.

Nachdem er den dunklen wogenden See von Gas, der die Piazza überschwemmte, durchquert hatte, bog er in die kleine Straße ein, in der sich der *Bosco Elìceo* befand, und in ein paar Augenblicken war er vor dem Hotel angelangt. Auf der gegenüberliegenden Straßenseite standen längs des Bürgersteigs mehrere Autos in einer Reihe. Platz zum Parken war trotzdem vorhanden, und zwar gerade gegenüber dem schon brennenden Neonschild. Als er den Wagen einrangierte, fiel ihm Bellagamba ein. Vielleicht würde der ihm das Wild abnehmen. In diesem Fall stünde die Aprilia genau am richtigen Platz. Die toten Vögel aus dem Kofferraum schaffen und sie dann hineinbringen (das Neonlicht würde die Operation noch erleichtern), wäre überhaupt keine Mühe.

Er stieg aus, und da er auch die Jagdgewehre im Kofferraum untergebracht hatte, unterließ er es, den Wagen abzuschließen. Er überquerte die Straße und stieß die Glastür zum Hotel auf. Als er eintrat, nahm er die Mütze ab. Eine warme Wolke von Gerüchen empfing ihn.

In dem kleinen Empfangsraum befand sich niemand, auch nicht der alte Mann mit der grau gesprenkelten Mähne, mit dem er am Morgen ein paar Worte gewechselt hatte. Aber das Durcheinander von Stimmen und Geschirrklappern, das von rechts durch eine Pendeltür drang, ließ sein Herz plötzlich schneller schlagen. Er hatte sich also nicht geirrt! Wenn er im nächsten Augenblick dort drinnen war, im Speisesaal, dann würde er – kein Zweifel – wenn nicht auf der Stelle das schon fertige Gericht vorfinden, auf das er sich stürzen konnte, so aber doch alles andere, was er suchte: Frieden, Sicherheit, unerschütterlich gute Laune, einen klaren Blick für das, was war, und innere Ausgeglichenheit. Übrigens, während er warten mußte, bis er etwas Ordentliches zu essen bekam, könnte er immerhin schon mit einem Stück Brot und einem Glas Bosco-Wein anfangen. Trinken hatte ihm zwar noch nie besonders zugesagt. Heute aber hatte er, vielleicht wegen der feuchten Kälte, die ihm in der Tonne zugesetzt hatte, große Lust zu trinken. Beinahe mehr als zu essen. Kaum hatte er den Speisesaal betreten – einen großen, voll besetzten Raum, so rauchig und lärmend, wie er es sich vorgestellt hatte, nur daß er halb im Dunkel lag und dadurch etwas Trübseliges und Tristes hatte –, als Bellagamba schon mit offenen Armen ihm entgegeneilte. Gerade noch hatte er gestikulierend bei einem Tisch mit rund zehn Gästen gestanden – es war der von der Tür am weitesten entfernte Tisch, an einem Fenster der hinteren Wand –, und er hatte gelacht und seine Gäste zum Lachen gebracht; weiß der Himmel, was er ihnen erzählte! Aber da hatte er ihn bemerkt, und sofort überließ er die Tischgesellschaft sich selbst.

»Ich dachte, Sie seien schon nach Hause gefahren«, sagte er und erhob die Stimme, um den Lärm zu übertönen.

Er nahm seine Hand in seine beiden Hände und fragte mit einem Zwinkern: »Ist es gutgegangen?«

Er umhegte ihn förmlich mit seinem Blick, ganz Zuvorkommenheit. Er war ohne Jacke und trug noch immer seinen eisengrauen Rollkragenpullover, der unten bis zum Schritt reichte.

»Haben Sie schon zu Mittag gegessen?«

Er schüttelte den Kopf.

»Nein.«

»Da werden Sie einen tüchtigen Hunger mitgebracht haben!«

»Es geht. Ich möchte gern etwas essen.«

Er hatte kurz geantwortet, sehr viel einsilbiger, als er gewollt hatte. Aber all diese Zeremonien gingen ihm auf die Nerven.

»Selbstverständlich, sofort!« murmelte Bellagamba eingeschüchtert und trat beiseite.

Suchend blickte er um sich.

»Wollen Sie dort Platz nehmen?« schlug er ihm schließlich vor, indem er auf ein Ecktischchen zeigte, das links von der Tür stand.

Schon von weitem sah er die Krümel und gebrauchten Zahnstocher auf dem mit Weinflecken verunzierten Tischtuch. Wieder spürte er eine Regung heftigen Widerwillens. Aber es blieb ihm keine andere Wahl.

»Danke«, sagte er.

Er ging auf den Tisch zu und setzte sich mit einem Aufatmen.

»Was können Sie mir denn geben?«

»Was Sie wünschen«, antwortete Bellagamba.

Er stand ihm gegenüber, an der anderen Seite des Tischs. Ein wenig vorgebeugt, stützte er sich mit den Händen auf die Rückenlehne des Stuhls. Hinter ihm liefen die Kellner vorbei, ohne aufzublicken – vier oder fünf junge Männer vom Lande, mit schmutzigweißen Jacken wie Krankenwärter. Mit rotem Gesicht mußten sie, während ihnen der Schweiß den Hals hinunterlief, mit ihrer Last von Tellern und Schüsseln ständig zwischen Küche und Speisesaal hin und her laufen.

»Ich hätte immer noch diesen leckeren Steinbutt«, fügte er hinzu und begleitete seine Worte nun wieder mit einem Zwinkern. »Ich habe ihn eigens für Sie aufbewahrt.«
»Schön. Wie lange dauert es, bis Sie ihn fertig haben?«
»Das kommt darauf an. Je nachdem, ob Sie ihn lieber gekocht oder gegrillt haben. Gekocht ist er in zwanzig Minuten fertig.«
Er mußte Geduld haben. Er schlug die Augen nieder.
»Und gegrillt?«
»Da dauert es länger. Mindestens dreißig Minuten.«
Er schlug die Augen wieder auf und sah auf die Uhr. Halb vier.
»Dann kochen Sie ihn bitte«, sagte er. »Aber haben Sie inzwischen nicht irgend etwas anderes fertig? Was man sofort essen kann?«
Nervös lächelnd hatte Bellagamba seine kleinen, regelmäßigen Zähne, wie ein alter Boxer, entblößt. Die Adern auf seiner Stirn waren merkwürdig angeschwollen. Was hatte er? Verwirrt – so schien es ihm jedenfalls – starrten ihn die kleinen blauen Augen aus ihren Höhlen an. Mit der Angst – Gott weiß warum – eines Tieres, das Gefahr wittert.
»Wollen Sie ein Fisch-Hors d'œuvre?« flüsterte er ihm zu. »Krebse, Tintenfisch, Krabben, marinierten Aal? Es ist von allem etwas da.«
Er spürte, wie ihm das Wasser im Munde zusammenlief. Er schluckte.

»Bringen Sie nur, was Sie haben«, sagte er.

Und während Bellagamba sich bereits entfernte, in Richtung auf die Küchentür, rief er ihm noch nach: »Vergessen Sie nicht das Brot. Und den Wein.«

Kurz darauf meinte er, vor Hitze ersticken zu müssen.

Er stand auf und entledigte sich seiner dicken Jacke sowie eines seiner beiden Pullover und warf sie nacheinander, zusammen mit seiner Pelzmütze, unordentlich auf den Stuhl gegenüber. Doch sobald er wieder saß, stellte er fest, daß dies noch nicht genügt hatte. Stirn, Nase und Wangen, so lange dem Wind und der Sonne ausgesetzt, begannen ihm plötzlich zu brennen. Das einzige, was man jetzt tun könnte, wäre natürlich – überlegte er, mit aufgestützten Ellenbogen, das Gesicht in den Händen –, sich sogleich mit kaltem Wasser zu waschen. Schon war er im Begriff, sich zu erheben und die Toilette im Parterre aufzusuchen, als er beim Anblick Bellagambas, der zwischen den Tischen hindurch auf ihn zueilte, beladen mit Hors d'œuvres, Brot und einer Flasche Wein, nicht zu vergessen, einem frischen Tischtuch, das er, vierfach gefaltet, fest unter die linke Achsel gepreßt, mitbrachte, diese Absicht fallenließ. Erst einmal wollte er etwas essen. Frischmachen konnte er sich allenfalls immer noch danach.

2

Er stürzte sich auf die Vorspeisen, noch bevor Bellagamba, nach einem *Guten Appetit!*, sich ganz umgedreht hatte. Was hieß Appetit, er hatte Hunger! Er meinte, in seinem ganzen Leben noch nie so großen Hunger gehabt zu haben.

Er stopfte sich den Mund voll mit dem halb süßen, halb säuerlichen Fleisch der Krustentiere und schlang es herunter; darauf trank er Wein in großen Schlukken oder biß gierig ins Brot. Nichtsdestoweniger fühlte er sich sehr bald von dem Essen ebenso wie von sich selbst angewidert. – Wozu? fragte er sich. Da saß er, den Kopf gesenkt, in seiner Ecke – inmitten dieser Hitze, dieses Gestanks, dieses ganzen schmierigen Durcheinanders im Halbdunkel – und konnte kauen, schlingen, saugen, spucken und saufen, soviel er wollte – aber in dem gleichen Maße, in dem sich sein Magen füllte und blähte, wuchs in ihm der Ekel.

Es stand schlechter um ihn denn je; das war leider die Wahrheit.

Wieder war es so, daß ihn einfach alles traf, alles ihn verletzte. Er brauchte nur zwischen zwei Bissen den Kopf zu heben und seine Blicke im Saal schweifen zu lassen: immer, wenn sie entweder auf die Tafelrunde fielen, die sich nur aus Jägern zusammensetzte – den Tisch, an dem er, als er das Restaurant betreten hatte, Bellagamba entdeckt hatte (er war inzwischen an diesen Tisch zurückgekehrt und redete wieder, diskutierte, brüllte und lachte, daß es nur so eine Art hatte) –, oder wenn sein Blick sich kreuzte mit dem irgendeines anderen Gastes, zumal dem einer Frau von etwa dreißig Jahren – brünett, blaß, von kräftiger Statur, sehr geschminkt –, die an einem wenig entfernten Tisch in sehr würdevoller Haltung saß (eine Hure, ohne Zweifel: es sagte ihm ihr Mund, ihre Art zu rauchen, ihre Fingernägel, das allzu korrekte dunkle Kostüm, der graue Pelzkragen, den sie sorgfältig, wie auf einem Kleiderständer, auf der Rückenlehne des danebenstehenden Stuhls drapiert hatte, die große Handtasche, die recht sichtbar auf dem Tische stand, neben dem mit Zigarettenstummeln bis zum Rand gefüllten Aschbecher, vor allem aber ihre schwarzen, wie verschleierten Augen – ein wenig wie Tieraugen –, die unermüdlich auf der Suche nach einem Freier waren, mit dem sie – selbstverständlich im stillen Einverständnis mit dem Wirt, Signor Gino! – in eines der Hotelzimmer hinaufgehen könnte . . .), immer dann, wie gesagt, ergriff ihn ein Gefühl von Neid, ähnlich dem, das ihn während des ganzen Vormittags in der Tonne gequält hatte, da er, obwohl mit der Doppelflinte in der Hand, dennoch nicht die Kraft in sich gefunden hatte, auch nur einen einzigen Schuß abzugeben. Wie zufrieden mit sich die anderen waren, wie gut sie es hatten, alle anderen! Er sagte es sich, den Kopf wieder über seinen Teller gebeugt. Wie gut verstanden sie, ihr Leben zu genießen! Er war da offensichtlich von anderer Art, von unwiderruflich anderer Art als die normalen Leute, die, wenn sie gegessen und getrunken hatten, nur noch an ihre Verdauung dachten. Aber was nutzte ihm alles Essen und Trinken? Wenn er nach den Vorspeisen auch alles übrige verschlungen hatte, den gekochten Steinbutt, den Gorgonzola, die Orange und den Kaffee, würde er nur, wovon er überzeugt war, zurückfallen in seine üblichen Grübeleien – Grübeleien über die alten und die neuen Geschichten. Er spürte sie dort, im Hinterhalt, bereit, über ihn herzufallen wie eh und je — und gleich alle zusammen. Bellagamba verlor ihn von dort, wo er stand, keinen Augenblick aus den Augen: Das bemerkte er sehr genau. Die Vögel – dachte er plötzlich. Warum hatte er Bellagamba nicht sofort gesagt, er solle sie sich nehmen? Vielleicht kam nur daher diese Unruhe, die nicht aufhörte, ihn zu quälen.

Er hob eine Hand und winkte ihm zu. Sich zwischen den Tischen hindurchschlängelnd, eilte Bellagamba herbei.

»Ist alles in Ordnung?« fragte er mit besorgter Miene und wies auf den Teller.

Er schluckte hinunter und wischte sich den Mund mit der Serviette ab.

»Vollkommen«, antwortete er.

Er wußte nicht, wie er beginnen sollte.

»Hören Sie«, sagte er schließlich. »Ich habe den Kofferraum in meinem Auto voll von Wild. Wollen Sie es haben?«

Er hob den Kopf und sah, daß Bellagamba lächelte. Es war klar: Er glaubte, er schlage ihm ein Geschäft vor, einen Handel. Oder auch, wer weiß, einen kleinen bargeldlosen Tausch: ein bißchen Wild gegen ein Essen; vielleicht eine Übernachtung dazu.
»Wohlgemerkt: Es ist ein Geschenk«, fügte er hinzu. »Das ist selbstverständlich.«
Er trank in einem Zug ein Glas Wein aus und trocknete sich darauf wieder den Mund ab.
»Es sind Enten und Wasserhühner«, fuhr er fort. »Ich glaube, es sind im ganzen über vierzig Stück. Sogar ein . . . ja, sogar ein Reiher ist dabei.«
»Was?« verwunderte sich Bellagamba. »Ein Reiher! Warum haben Sie denn den geschossen? Es ist wohl ein weißer Reiher?«
»Nein, ein roter.«
Bei diesen Worten sah er plötzlich in der Dämmerung wieder den Hund – als sei das große erdfahle Gesicht, das ihn von der anderen Tischseite her verblüfft ansah, fortgeweht –, sah den Hund: mit erhobenem Muffel, in der Schnauze, von der es troff, den Reiher. Wieviel mochte er wiegen, völlig ausgeblutet, wie er war (er war bereits tot, als ihn der Hund inmitten der tabakfarbenen Sträucher des rechten Lidos aufstöberte)? Nicht viel mehr als sein Gefieder konnte er wiegen, und das war so gut wie nichts . . .
Seine Augenlider flatterten.
»Wie schade!« sagte Bellagamba, und sein Mund verzog sich zu einer Grimasse der Enttäuschung.

»Die weißen sind größer, schöner, und ausgestopft machen sie mehr her... Aber auch die roten sind sehr schöne Tiere. Soll ich mich um diesen hier kümmern, so daß Sie ihn schon fix und fertig vorfinden, wenn Sie das nächste Mal kommen? Wir haben hier, auf der Piazza –«, und er hob bei seinen Worten die Hand, wie um sie ihm zu zeigen, die Piazza dort draußen, mit ihrem Nebel und ihrer Dunkelheit – »ein Geschäft, wo solche Arbeiten sehr gut ausgeführt werden, sehr viel besser als in der Stadt, glauben Sie mir! Wir gehen gleich nachher und sehen uns den Laden an, wenn Sie wollen. Heute ist zwar Feiertag. Aber das Schaufenster ist auch sonntags beleuchtet.«

Er schüttelte verneinend den Kopf.

»Um Himmels willen!« sagte er.

Sein Gesichtsausdruck verriet jetzt gewiß seinen ganzen Ekel, der ihn stets bei dem bloßen Gedanken an das Laboratorium eines Tierkonservators befiel (allein diese Gerüche: ein Gemisch von Geflügelmarkt, Apotheke, Abort und Leichenhalle...). Übrigens würde es zu weit führen, dies alles zu erklären. Besser, er kam zum Ende; und Bellagamba mochte noch so verblüfft dreinschauen.

Er zog die Autoschlüssel aus seiner Tasche und reichte sie ihm über den Tisch hinweg.

»Nehmen Sie sie«, sagte er. »Sie kennen ja meinen Wagen. Er steht direkt gegenüber dem Eingang.«

Der andere streckte die Hand aus. Doch mitten in der Bewegung hielt er inne.

»Übrigens«, sagte er und senkte die Stimme, während seine runden Augen wie Katzenaugen funkelten. »Haben Sie darüber nachgedacht?«

»Nachgedacht? Worüber?«

»Sie wissen doch . . . Den Wagen!«

Er zog sich den Stuhl heran und setzte sich ihm gegenüber.

»Also«, fragte er, mit unsicherem Lächeln und wie von plötzlicher Schüchternheit befallen: »Werden wir dieses Geschäft machen, Herr Rechtsanwalt?«

Diesmal war er es, der nicht verstand. Aber mit einemmal erinnerte er sich des kurzen Gesprächs heute früh, ein paar Minuten, bevor sie sich getrennt hatten. Und während er sich anhörte, was Bellagamba ihm alles zu erzählen hatte: daß es täglich schwieriger werde, ohne einen kleinen Lieferwagen Hotel und Restaurant in Gang zu halten (und daß seine Beiwagenmaschine – eine Harley Davidson, die er für ein Butterbrot in einem Lager der ARAR erworben hatte, die aber mit ihrem Hubraum fast soviel Sprit brauchte wie eine Balilla – nun nicht mehr ausreichte, das lag ja wohl auf der Hand!), während er also zuhörte und aß und auch trank, überkam ihn ein immer stärker werdendes Gefühl der Sinnlosigkeit. Um ihn zu überreden, ihm die Aprilia zu überlassen, scheute Bellagamba keine Mühe und erläuterte ihm eingehend, zu was für verschiedenen Zwecken er den Wagen verwenden würde. Was das Wild betraf, erklärte er, so konnte man heute nicht mehr darauf warten, daß einer mal vorbeikam und ihm etwas brachte. Wenn einer kam, dann gut, wenn nicht, dann Geduld! Doch um heutzutage den stets wachsenden Ansprüchen der Kundschaft zu genügen, war es das Beste, das Wild unmittelbar beim Jäger selbst abzuholen, und zwar bei Jägern großen Stils wie dem Commendator Ceresa und seinen Jagdgefährten, die es fertigbrachten, über einen Doppelzentner herunterzuholen, manchmal bis zu anderthalb Doppelzentnern (es ging nicht anders: Man mußte ein geeignetes Fahrzeug zur Hand haben, mit dem man sich in der Valle so gegen ein Uhr mittags in ihrem Chalet präsentierte, das Wild en bloc kaufte – und dann nichts wie weg!). Genau das gleiche galt für frische Fische, das heißt, Fische, die soeben gefangen worden waren. Hatte man nicht die Möglichkeit, schon in aller Frühe, wenn es noch dunkel war, in Codigoro aufzubrechen, um in Goro, Gorino, Porto Tolle, Pila, ja sogar in Chioggia im selben Augenblick anzukommen, in dem die Fischerboote vom Hochseefang zurückkehrten – und zwar auf vier Rädern anzukommen, wollte man nicht nur mit ein paar Kilo wieder nach Hause fahren – nun, es war zwecklos, sich in den Kopf zu setzen, daß man es auch anders schaffen könne. Er redete, erklärte und gestikulierte. Und er, dem der Kopf immer schwerer wurde, fand nichts gegen die Argumente des andern einzuwenden. Er verstand Bellagamba, verstand ihn und pflichtete ihm bei. Das Auto, natürlich – warum nicht? Aber statt es ihm zu verkaufen, wäre es bei-

nahe besser, es ihm zu schenken. Zusammen mit allen Vögeln, die es im Bauch hatte.
Aber dann schüttelte er die Müdigkeit plötzlich ab und blickte anderswohin. Sein Blick fiel auf den Tisch der Jäger, da hinten, der von einer Rauchwolke umgeben war. So weit von ihm fort, als ob zwischen ihm und ihnen die Valle Nuova in ihrer ganzen Ausdehnung läge ...
»Was für Leute sind das?« fragte er.
»Das ist er«, erwiderte Bellagamba verlegen, »der Commendator Ceresa mit seinen Freunden.«
Die Herren kamen aus Mailand, erklärte er weiter, und waren mehr oder weniger alle Industrielle. Seit dem vorigen Jahr hatten sie gemeinsam vom Consorzio Bonifiche einen Teil der Valle zwischen Pomposa und Vaccolino, nur einen Schritt weit von der Via Romea, gepachtet. Für gewöhnlich kamen sie am Samstagabend im Auto. Sie aßen dann bei ihm zu Abend, zogen es danach aber vor, zum Schlafen in das prachtvolle Luxuschalet zu fahren, das sie sich, ganz aus Holz, im Handumdrehen hatten montieren lassen, so nahe am Wasser, daß man hineinspucken konnte. Auch jetzt waren sie im Aufbruch begriffen. Gegen neun Uhr heute abend würden sie an Ort und Stelle sein, vorausgesetzt, daß auf der Via Emilia nicht allzu dichter Nebel lag, versteht sich.
Er rieb Daumen und Zeigefinger aneinander.
»Das sind Leute mit viel Geld, sehr viel Geld«, sagte er. »Wollen Sie, daß ich Sie mit ihnen bekannt

mache? Wenn ich zurückkomme, stelle ich Sie wohl besser vor.«

Wieder allein gelassen, aß er den Rest der Hors d'œuvres. Dann stand er auf. Das Gesicht brannte ihm schlimmer als zuvor. Er mußte es sich waschen. Ein wenig schwankend ging er am Tisch der Dame im Kostüm vorbei, durchquerte den Saal und schloß sich alsdann auf der neben der Küche befindlichen Toilette ein.

Nur, daß der kleine Raum, eng, wie er war, voll des übelsten Gestanks und bevölkert von alten Fliegen, die hier den Sommer überlebt hatten, sehr wenig Bequemlichkeiten bot. Ein kleines halbkreisförmiges Waschbecken mit vielen Sprüngen, daneben ein grünliches Frotteehandtuch, das naß und schmutzig von einem Haken an der Wand hing; am Boden das in der Hocke zu benutzende Abortloch, schmutzig und halb verstopft mit Zeitungspapier; kaum Licht; kein Spiegel und nicht der kleinste Rest von einem Stück Seife.

Wie auch immer, er drehte den Wasserhahn auf und wusch sich das Gesicht, so gut es eben gehen wollte. Er trocknete es sich mit seinem Taschentuch ab. Und schließlich – obwohl er eigentlich kein großes Bedürfnis danach verspürte – stellte er sich in die entgegengesetzte Ecke, um Urin zu lassen.

Dies gelang ihm erst nach einer kleinen Weile. Wann hatte er eigentlich das letzte Mal uriniert, fragte er sich. Und noch im selben Augenblick, in dem er sich die Frage stellte, beantwortete er sie sich: Es war erst eine knappe Stunde her, in Lungari, als er, um von Gavino nicht gesehen zu werden, sich hinter sein Auto gestellt hatte und übrigens weniger auf den dünnen, farblosen Strahl seines Urins geachtet hatte, als vielmehr mit Neugier, ja Überraschung und Bitterkeit, wie er sie nie zuvor empfunden hatte, auf das Glied, aus dem dieser Strahl drang. Da schau dir das an, grinste er. Grau, dürftig, nicht der Rede wert – mit diesem so vertrauten und zugleich so lächerlichen Mal der Beschneidung ... Im Grunde war es nur ein Gegenstand, ein einfacher Gegenstand wie irgendein anderer.

3

»Hier ist der Schlüssel«, sagte Bellagamba. »Es ist Nummer 24 im zweiten Stock. Es tut mir leid, daß Sie soviel Treppen steigen müssen. Aber oben ist auch das Bad, und so haben Sie alle Annehmlichkeiten, die es bietet, zu Ihrer Verfügung.«
Sie befanden sich, wie am Morgen, wieder im Vorraum und sahen einander ins Gesicht: Bellagamba hinter seinem Empfangstisch sitzend, wobei der untere Teil seines Gesichts, das quadratische Kinn und die Hängebacken, im gelben Lichtkreis des Lampenschirms lagen; er stehend, die Arme vollbepackt mit

Sachen – Jacke, Pullover, Pelzmütze und Handschuhe. Aber sie waren nicht allein. Hinter seinem Rücken hörte er ständig Schritte: die letzten Gäste, die gingen. Aus dem Augenwinkel beobachtete er, wie sie einzeln durch die Glastür auf die Straße traten und dann, gebeugte, vermummte Schatten, in Nebel und Dunkelheit verschwanden.

Bellagamba, der die Grüße der hinausgehenden Gäste zu erwidern hatte, schien ihm plötzlich unaufmerksam und zerstreut zu sein. Bis vor einem Augenblick noch hatte er sich nur um ihn gekümmert und dringend darauf bestanden, daß er in eins der Zimmer oben hinaufgehen und dort ein Schläfchen machen möge. Jetzt dagegen ... Aber es war ja klar, daß er sich nicht zerreißen konnte. Er wollte ihn so gern persönlich nach oben begleiten, wie er immer wieder versicherte; und wenn sich der Herr Rechtsanwalt nur ein wenig gedulden wolle, so würde er ihn in spätestens fünf Minuten hinaufgeleiten.

»Machen Sie sich deswegen keine Sorge«, antwortete er schließlich, nachdem er mit Mühe seine Betäubung von sich abgeschüttelt hatte. »Lassen Sie nur.«

»Aber werden Sie auch bestimmt Ihr Zimmer finden?«

»Gewiß doch.«

»Nummer 24 im zweiten Stock. Linker Gang, dritte Tür rechts.«

»Gut.«

»Und wann wollen Sie geweckt werden?«
Wie üblich sah Bellagamba ihn an wie jemand, der an etwas Bestimmtes denkt, aber so tut, als ob nichts wäre. Er war zwar ziemlich betrunken, aber soviel konnte er immerhin noch merken.
»Jetzt ist es vier Uhr«, fuhr der andere fort. »Sagen wir sechs Uhr?«
Er versuchte, seine Gedanken zu sammeln. Wenn er sich um sechs Uhr wecken ließ, wann konnte er dann fahren? Und wann würde er zu Hause ankommen? Riskierte er nicht ... Und andererseits ... Aber schon verwirrten sich seine Gedanken wieder. Besser, er ließ das auf sich beruhen. Besser, er verschwand und warf sich gleich aufs Bett. Und sah zu, ob er nicht etwas schlafen konnte.
Ohne eine Antwort zu geben, ging er am Empfangstisch vorbei zur Treppe.
»Angenehme Ruhe!« rief ihm Bellagamba nach. »Und passen Sie um alles in der Welt auf, daß Sie auf der Treppe nicht stolpern!«
Sich mit der Rechten auf das Geländer stützend, begann er, die Treppe hinaufzugehen. Mit der Jacke, dem Pullover und den übrigen Sachen über dem linken Arm – sie hatten ein Gewicht wie Blei –, dazu mit vollem Magen (so prall gefüllt mit Wein und Speisen, daß er ein paar Knöpfe seiner Hose hatte öffnen müssen), kostete ihn jede Stufe eine ungeheure Anstrengung. Er hielt beim Steigen den Blick auf die staubige Glühbirne gerichtet, die, ohne große Leuchtkraft, an der Decke über dem ersten Trep-

penabsatz hing, und er sagte sich, daß er es nie und nimmer schaffen würde, bis zum zweiten Stockwerk hinaufzuklettern. Das erschien ihm ganz unmöglich: ein Unternehmen, das über seine Kraft ging. Das Bullauge, das sich nur ein wenig unterhalb des Lichtpunkts der Glühbirne befand, war völlig blind. Eine Scheibe: schwarz, erloschen, undurchsichtig.

Er erreichte den ersten Stock, bog nach rechts um und machte sich daran, zur zweiten Etage hinaufzusteigen; er betrat den Zwischenabsatz, stieg weiter. Endlich stand er, ohne weitere Kraftreserven, mit wild hämmerndem Herzen und ärger denn je vom Schwindel gepackt, wieder vor der Tür des Badezimmers im zweiten Stock. Er hätte keinen Schritt weiter gehen können, auch wenn er es gewollt hätte. So stand er denn, keuchend und ohne sich zu rühren; und noch einmal zogen die dunklen steilen Lettern des Emailleschilds mit der Aufschrift BAD seine Blicke auf sich; träge und ohne einen Gedanken zu haben, starrte er sie an. Um ihn herum vollkommene Stille. Sogar die Stimme Bellagambas, die wie lautes Gebell alle Augenblicke von unten her durchs Treppenhaus schallte, schwieg. Er hörte nichts, nur das Schlagen seines Herzens, das Pochen in den Schläfen und seine röchelnden Atemzüge.

Sobald er das Zimmer betreten und sich auf dem Bett ausgestreckt hatte (sein Atem ging inzwischen wieder ruhig), versuchte er, sofort einzuschlafen. Eigentlich hätte er sich erst ausziehen müssen, zumindest sich seiner Schuhe entledigen. Aber nur

daran, das Licht auszuschalten, hatte er gedacht. Und hätte er jetzt die Geduld aufgebracht, ein paar Minuten so, mit geschlossenen Augen und ohne sich zu bewegen, zu bleiben, vor allem, wenn er sich die Mühe gegeben hätte, an nichts zu denken, aber auch an rein gar nichts, dann wäre er, bei dem, was er getrunken hatte, bestimmt eingeschlafen.
Nur daß ebendies nicht möglich war: ruhig bleiben – das gelang ihm nicht. Erst wälzte er sich auf die rechte, dann auf die linke Seite, schließlich legte er sich wieder auf den Rücken – und wußte, daß er gleich wieder von vorn anfangen würde. Wie merkwürdig: Zuerst hatte er sich nicht mehr aufrecht halten können. Und nun hatte er sich nur aufs Bett zu werfen brauchen, und schon durchzuckte es ihn wie mit ständigen leichten elektrischen Schlägen. Sogar die Augäpfel taten ihm beinahe weh, so beweglich, so voller Unruhe und Leben spürte er sie. Er hatte ein Gefühl, als ob sich in seinen Augenhöhlen zwei kleine Bestien eingenistet hätten, zum Platzen geschwollen von Blut und doch voller Gier, noch mehr zu trinken: zwei kleine gierige Ungeheuer, bereit, loszuschnellen und zu zerstieben wie die sprühenden Funken, die züngelnden Lichter, die von allen Seiten auf sie eindrangen.
Nicht zu denken, war gleichfalls unmöglich. Es war, als spule sich ein Band von selbst ab, eine unaufhaltsame, eintönige Folge von Bildern. Da war zum Beispiel Bellagamba. Vor dem dunklen Schirm seiner zuckenden Lider oder dem nicht weniger dunklen

der tiefen Finsternis, in die, sobald er die Augen öffnete, seine Blicke tauchten, erschien sein lederfarbenes Gesicht, ewig nach vorn gebeugt, und alle Augenblicke von irgendwelchen unvermuteten Grimassen entstellt, von einem Zwinkern, einem Stirnrunzeln, merkwürdigen Zuckungen der Augenbrauen, der Nase, der Lippen oder der Zunge. Doch gleich darauf waren es andere Gesichter: das Gesicht von Nives, von ihrem Kopfkissen gerahmt, das Gesicht seiner Mutter mit dem unvermeidlichen schwarzen Samtbändchen um den Hals, dann das Gesicht Gavinos, durch das Wagenfenster seiner Aprilia gesehen, und schließlich nacheinander die Gesichter der Jagdgesellschaft aus Mailand, des Commendator Ceresa und seiner Freunde, von denen ihm Bellagamba so viel erzählt hatte: die steinreichen Industriellen, die Finanzpiraten mit ihrem Luxus-Chalet unweit der Via Romea. Es war natürlich ihr Geld, sagte er sich wieder voller Bitterkeit, von neuem gekränkt nicht nur durch gewisse, noch nie gesehene, aber gewiß sehr kostspielige Bestandteile ihrer Jagdausrüstung wie Jacken aus Wildleder, bunten norwegischen Pullovern oder solchen aus Kaschmirwolle, ausgefallenem Schuhwerk, für den speziellen Zweck gefertigt, sondern noch mehr durch die Art und Weise, wie sie fünf oder sechs überzählige Stühle mit ihren Sachen belegt hatten, wie sie am Tische saßen, wie sie miteinander sprachen oder sich an Bellagamba wandten, der, Gastgeber und Diener zugleich, in respektvollem Abstand vor ihnen stand – es war ihr Geld, ihr *Zaster,* wie Bellagamba augenzwinkernd sagte, was so große Sicherheit, so strahlende Gesundheit verlieh und jeden, der es über ein gewisses Maß hinaus besaß, als Angehörigen einer anderen Rasse erscheinen ließ, einer stärkeren, vitaleren, schöneren, sympathischeren Rasse! Geld, Zaster, Pulver: Es war klar, daß in der Nähe solcher Leute alles, *alles,* Faschismus, Nazismus, Kommunismus, Religion, Familienangelegenheiten, Agrarprobleme, die Frage von Bankkrediten oder was Sie sonst wollen – daß dies alles mit einem Schlag jede Bedeutung verlor.

Plötzlich sah er das Gesicht der Dame im dunklen Kostüm vor sich, das er ebenfalls dort unten, im Speisesaal, bemerkt hatte: das breite bleiche Gesicht einer Frau, die als Bäuerin geboren war und wahrscheinlich aus dem Ort selbst stammte, mit großen verschleierten, blicklosen Augen, dicken, schwellenden und stark geschminkten Lippen. Vorhin, als er auf sein Zimmer ging, hatte ihm Bellagamba vergnügt sein »Angenehme Ruhe!« nachgerufen. Aber, wenn er es sich recht überlegte, was für einen Grund hatte Bellagamba, so vergnügt zu sein? Natürlich machte er sich ein bißchen lustig über ihn, wie man es stets mit Leuten tut, die allzusehr auf unsere Hilfe und unseren Schutz angewiesen sind, Betrunkene zumal. Doch konnte es nicht auch heißen, daß Bellagamba ihm damit auf seine Weise – so recht als Kuppler – zu verstehen geben wollte, er solle sich nur auf ihn verlassen, denn was die kleine Hure betraf (für tausend Besatzungs-Lire und nicht mehr!), mit der er während des ganzen Essens Blicke gewechselt hatte, wie er, Bellagamba, wohl bemerkt hatte – nun, so würde er dafür sorgen, daß sie sogleich zu ihm aufs Zimmer kam –, konnte es das nicht auch bedeuten? Ja doch, er hatte verstanden: Das hatte Bellagamba ihm mit seinem Grinsen und Augenzwinkern, mit all seinen ständigen und aufdringlichen Anspielungen versprechen wollen!

Er hörte Schritte auf dem Korridor. Hinter dem Kopfende des Bettes tastete er nach dem Griff der Lichtschnur und drückte, als er sie in der Hand hielt, auf den Knopf. Das war sicher sie, dachte er, während er sich im Bette aufrecht setzte – konnte nur sie sein. Nachdem sie sich ihm so mit dem Schlurfen ihrer Hausschuhe angekündigt hatte, würde sie wohl im nächsten Augenblick an die Tür klopfen. Oder aber sie sofort öffnen, um den denkbar geringsten Spalt, gerade breit genug, um hindurchschlüpfen zu können.

Er stand auf und ging langsam, sich die Hosen zuknöpfend, zur Tür. Sein Herz begann von neuem stürmisch zu klopfen. Er war überzeugt, daß er sich nicht irrte. Es handelte sich nur noch um Sekunden, und dann würde die Tür langsam, vorsichtig, doch unerbittlich geöffnet werden, und er würde auf einmal dieser Art von Tier gegenüberstehen, von Angesicht zu Angesicht. Und dann? Was würde er in diesem Moment tun? Ulderico hatte schon in ihrer Jugend, wenn sie gemeinsam ein Bordell besuchten, mit den Huren immer sehr kurzen Prozeß gemacht. Wohlverstanden, in keiner Weise vulgär oder brutal. Nur: wenig Worte, und sofort zur Sache! Während er, ganz im Gegenteil (abgesehen davon, daß ihm seit seiner Heirat, das heißt, seit etwa acht Jahren, der Gedanke, mit einer Hure zu schlafen, nicht in den Sinn gekommen war), während also er, im Gegenteil, immer schüchtern, unsicher und rücksichtsvoll gewesen war und jedesmal eine Ewigkeit gebraucht hatte, und hier lag sein Problem, bevor er zu der berühmten Sache gekommen war ...

Im Hintergrund des Zimmers sah er im Türspiegel des strohfarbenen Schranks sich selbst, an der Tür stehend; es war ein fernes, skizzenhaftes Bild, wie im Begriff, sich aufzulösen. Also: Wie sollte er sich verhalten, fragte er sich verwirrt. Ihr etwas schenken und sie fortschicken? Warum nicht? Danach allerdings würde er es mit Bellagamba zu tun bekommen und allerlei mehr oder weniger versteckte Anspielungen, Gott weiß, welcher Art, über sich ergehen lassen müssen. Aber hier gab es nicht viel zu überlegen. Man mußte sie hereinkommen lassen, ein bißchen mit ihr sprechen und ihr schließlich, um sie sich vom Halse zu schaffen, zwei- oder dreihundert Lire in die Hand drücken: Einen anderen Ausweg aus dieser Situation sah er nicht.

4

Da die Klinke nicht heruntergedrückt wurde, fragte er sich in einem bestimmten Moment, ob es nicht ratsam sei, daß er selbst die Tür öffnete. Unglücklicherweise hatte er den Schlüssel draußen stecken lassen. Sonst hätte er sich ja einfach ohne alle Umstände einschließen können.

Er öffnete die Tür, und da er niemanden sah, trat er auf den halbdunklen Gang hinaus. Er blickte nach rechts, in Richtung des Treppenabsatzes, darauf nach links, bis zum Ende des Ganges. Niemand war zu sehen. War es möglich? Und doch bestand kein Zweifel: Dieses Geräusch von Pantoffeln hatte er gehört und nicht geträumt. Ob es eine Hausangestellte gewesen war, vielleicht das Zimmermädchen? Warum nicht? Es wäre ja, recht besehen, nichts Seltsames dabei.

Er hatte die Zimmertür halb offen gelassen und war inzwischen den Gang bis zum Treppenflur hinuntergegangen. Er trat ans Geländer, beugte sich hinüber und blickte angestrengt in den dunklen Abgrund des Treppenhauses hinunter. Aus dem Erdgeschoß drang, zusammen mit ein wenig Helligkeit, ein vages Geräusch von Geschirrklappern, Tische- und Stühlerücken, Schritten und fernen Stimmen. Es war klar, dachte er – und gähnte –: Sie räumten den Speisesaal auf und richteten ihn für den Abend her.

Als er wieder in seinem Zimmer war, schloß er die Tür ab, zog sich rasch aus und schlüpfte unter die Bettdecke. Er hatte seine wollene Untergarnitur anbehalten. Doch kaum hatte er sich die Bettdecke über die Nase gezogen, als ihm ein kalter Schauer über die Haut rieselte. Die Bettücher waren kalt und klamm, besonders am Fußende. Dennoch: kein Vergleich zu vorher! Ohne irgend etwas Beengendes um den Leib zu haben, fühlte er sich sehr viel wohler. Selbst der Magen drückte nun etwas weniger.

Er streckte die Hand aus, um das Licht auszuschalten, drehte sich alsdann auf die rechte Seite und gähnte so herzhaft, daß ihm die Tränen kamen; fast unmittelbar darauf spürte er, daß sich ihm das Bewußtsein, in einem plötzlichen Einverständnis mit seinem ganzen Ich, umnebelte, daß er einschlief, daß er träumte.

Er träumte, er ginge noch einmal die Treppen im *Bosco Elìceo* hinauf, stiege noch einmal Stufe um Stufe, um in den zweiten Stock zu gelangen. Was er da oben eigentlich wollte, war ihm nicht klar. Er stieg einfach hinauf, übrigens ohne besondere Mühe, ja, im Gegenteil mit einer seltsamen, rätselhaften Leichtigkeit. Er schüttelte den Kopf. Vor einem Augenblick noch hatte ihm da unten Bellagamba augenzwinkernd den Vorschlag gemacht, ihn auf einer Tragbahre hinauftragen zu lassen, und zwar von zwei kräftigen jungen Burschen, die er in der ländlichen Nachbarschaft als Kellner angeheuert hatte (eine Bahre stand tatsächlich im Empfangs-

raum, genau von der Art, wie sie im Sankt-Anna-Hospital zu Ferrara gebräuchlich waren, mit Segeltuch bespannt, auf denen die Schwerkranken von einem Pavillon zum anderen getragen wurden): als ob er gehbehindert oder herzleidend, wenn nichts Schlimmeres, wäre. Statt dessen, ganz im Gegenteil: Er stieg die Treppen flink und mühelos, wie getragen von einem günstigen Wind, als habe er Flügel. Es war nicht Nacht und auch nicht früher Morgen. Durch das Bullauge über dem ersten Absatz sah man den leuchtendblauen besonnten Himmel. Es war zwei oder drei Uhr an einem schönen Nachmittag zwischen Frühling und Sommer, im Mai oder Juni. Die Stunde nach dem Mittagessen.
Das Hotel war voll. Obwohl auf der Treppe keine lebende Seele zu sehen war, standen vor jedem Zimmer des ersten Stocks zwei Paar Schuhe, in schönster Ordnung aufgestellt, einige von den einfallenden Sonnenstrahlen beschienen: immer ein Paar Herren- und ein Paar Damenschuhe nebeneinander. Mein Gott, so viele Schuhe! Aber man brauchte sich darüber nicht zu wundern. Auch wenn einem die Reihe der Schuhe nicht aufgefallen wäre, war es nichtsdestoweniger offensichtlich, daß das Restaurant unten vor allem dazu diente, das zu decken, was oben, im ersten und im zweiten Stock, vor sich ging. Jedes dieser stundenweise vermieteten Hotelzimmer barg ein Pärchen. Von überall her kamen sie, im Auto; sogar von so weit her wie von Mailand. Sie redeten, sie unterhielten sich und sie flüsterten, all die

Paare, die sich in diesen engen Zimmern eingeschlossen hatten, deren jedes ausgestattet war mit einem dürftigen Keramik-Waschbecken, fabrikneu und doch schon überall beschädigt, mit einem eisernen Bidet, mit diesen wackeligen strohfarbenen Sperrholzmöbeln und den elenden, schiefen Bettvorlegern und der schwachen Deckenbeleuchtung. Und man brauchte die Ohren nicht besonders anzustrengen, um dieses gewisse Stimmengewirr zu vernehmen, dieses Summen – halb wie von einem Bienenstock, halb wie von einer Fabrik –, das insgeheim das ganze Gebäude durchdrang, von einer Wand zur anderen, von einem Stockwerk zum anderen.

Aber da ließ ihn plötzlich das Geräusch eines metallischen Gegenstands, der hinter ihm klirrend auf eine Treppenstufe gefallen war, zusammenfahren. Mit einem Ruck wandte er sich um. Auf dem unteren Treppenabsatz, dem des ersten Stockwerks, stand, wer weiß, woher gekommen, die Dame in dem dunklen Kostüm, die, vom Augenblick seines Eintritts in den Speisesaal an bis vor ein paar Minuten, als er ihn verlassen hatte, nicht eine Sekunde aufgehört hatte, ihn zu beobachten. Auch jetzt, als sie, in Morgenrock und Hausschuhen, sich niederhockte, um den ihr aus der Hand entglittenen Schlüssel aufzuheben, fixierte sie ihn mit der gewohnten Aufdringlichkeit, wobei sie den Kopf um eine Dreivierteldrehung zurückwandte. Sie war nicht mehr so sehr geschminkt, ja, sie war es überhaupt nicht mehr. Sie lächelte und sah ihn fest an, und sie schien jetzt sogar bedeutend jünger zu sein, sehr viel mehr wie ein junges Mädchen. Endlich stand sie wieder auf, den Schlüssel in der Hand. Und ohne den Blick von ihm zu wenden, streckte sie die Zunge heraus und fuhr sich mit ihr über die Oberlippe.

Er sah zwar nur die Zungenspitze. Aber selbst nach diesem Bißchen meinte er, erraten zu können, daß die Zunge dick und kurz war, tierisch in der Form nicht weniger als in der Farbe – einem bläulichen Weinrot. Auch ihre Augen, schwarz und glänzend, ähnelten den Augen mancher Tiere auf dem Lande. Denen der Kühe, zum Beispiel. Sicher war sie aus dem Ort, davon war er jetzt überzeugt, vielleicht eine der vielen Bäuerinnen, die Bellagamba als Küchenmädchen angestellt hatte, die in Wirklichkeit jedoch vor allem einsame und nach Geselligkeit verlangende Gäste in ihren Zimmern zu unterhalten hatten. Aber was glaubte sie eigentlich – fragte er sich, indes er sich anschickte, weiter die Treppe hinaufzugehen, ohne sie deshalb aus den Augen zu lassen – etwa, daß es seine Sinne erregte, wenn sie ihm so die Zunge zeigte? Falls sie sich das einbildete, so solle sie es sich nur ja aus dem Kopfe schlagen. Nicht nur, daß ihn ihre Zunge überhaupt nicht reizte, sondern im Gegenteil, wenn sie sie ihm auf diese Weise zeigte, war ihm das einfach ekelhaft und sonst gar nichts.

Jetzt aber – er wußte nicht, wieso und warum – kam er aus dem Badezimmer im zweiten Stock; und da war sie wieder und wartete vor der Tür auf ihn. Diesmal lehnte sie sich mit dem Rücken an das Geländer des Treppenabsatzes, den Morgenrock so um die Beine gerafft, daß sich ihre dicken Schenkel deutlich markierten.

Sie kam auf ihn zu, und während sie zu ihm aufsah, ohne ein Wort zu sagen (als sei sie eingeschüchtert durch verschiedene Dinge, besonders aber durch ihre eigene ländliche Plumpheit und Unerfahrenheit), faßte sie ihn an. Er ließ sie gewähren und sog den Geruch von geröstetem Aal ein, der in ihren Haaren haftete, und dachte, daß sie also doch im *Bosco Elìceo* arbeiten mußte und nicht einmal als Zimmermädchen, sondern tatsächlich als Küchenmädchen. Gewiß würde es nicht lange dauern, bis Bellagambas dröhnende Stimme von unten heraufschallte und sie aufforderte, in die Küche herunterzukommen, an den Spültisch.

»Laß das!« sagte er schließlich. »Was willst du?«

Sie zuckte die Achseln, ohne die Hand von ihm zu nehmen.

»Ich? Nichts«, sagte sie lachend und zeigte ihre großen, ein wenig auseinanderstehenden Vorderzähne.

»Siehst du nicht, daß ich keine Zeit habe?« fragte er. »Los, laß mich gehen; ich komme zu spät.«

»Wenn Sie wollen«, drängte sie, die Stimme zu einem Flüstern gesenkt, »komme ich zu Ihnen aufs Zimmer. Was für eine Zimmernummer haben Sie?«

Ihr Akzent verriet ihm nicht, woher sie kam. Das »komme ich« hatte merkwürdig geklungen. And-

rerseits schien sie, wenn schon nicht gleich aus dem Ferrarischen, so jedenfalls aus der Emilia zu stammen; darüber bestand kein Zweifel. Doch dieses *komme ich?* Ob sie aus dem Süden kam? Vielleicht aus Neapel, nach den Luftangriffen von 1942 mit der Familie evakuiert, um dann – man muß das Leben fristen – als Freudenmädchen in einem Hotel in Codigoro zu enden?
»Ich habe kein Zimmer. Ich halte mich hier nur vorübergehend auf.«
»Dann können Sie in mein Zimmer kommen. Es ist hier oben, Nummer 24. Ich bin geschickt, müssen Sie wissen« – dabei zeigte sie ihm wieder die Zunge. »Sie werden sehen, wie glücklich ich Sie machen kann.«
Mit diesen Worten nahm sie ihn an der Hand und zog ihn rechts den Korridor entlang hinter sich her, und ihre Pantoffeln knallten gegen die nackten, schwieligen Fersen.
Verwirrt und widerstrebend folgte er ihr. Die Hand, die ihn zog, war derb, hart und wie fettig – die Hand einer Frau, die in der Küche steht und Töpfe und Tiegel mit Bimsstein scheuert. Und doch fühlte er sich auch jetzt – genau wie damals, als er als junger Mann ins Bordell ging (und sein Vetter Ulderico war nicht müde geworden, ihn damit aufzuziehen) – nicht so sehr durch physischen Widerwillen gehemmt als durch die Furcht vor Geschlechtskrankheiten. Ohne Präservativ konnte er sich leicht einen Tripper holen, wenn nicht gar die

Syphilis. Und wenn er wenigstens noch Lust gehabt hätte auf das, was sie jetzt vorhatten! Aber wie wäre das überhaupt möglich gewesen: um dreiviertel acht Uhr früh, und mit nichts als einer Tasse Kaffee im Magen! Ach nein, im nächsten Augenblick, wenn sie im Zimmer waren, würde er sie sich, im Guten oder im Bösen, vom Halse schaffen. Zwei- oder dreihundert Lire – gerade so viel, daß sie trotzdem noch ein bißchen verdient hatte. Mehr würde er jedenfalls nicht ausgeben.
Und dann waren sie schließlich im Zimmer; sie im Bett, unter der Decke, er am Fenster stehend, von dem aus man in der Dämmerung, während schwere Wolken am Himmel dahinjagten, die gleichen Dinge sah wie aus dem Badezimmerfenster: den Hühnerhof mit den Hennen, den Fußballplatz mit den beiden alten Toren, die einander gegenüberstanden, und so weiter – und dann im Hintergrund das endlose flache Land, das die Stadt umgab.
Es sei besser, wenn sie nicht darauf bestehe, sagte er ihr, ohne sich nach ihr umzudrehen. Er sei nicht nach Codigoro gekommen, um sich hier lange aufzuhalten, sondern um weiterzufahren, zur Jagd in den Valli. Er habe für Viertel nach sechs eine Verabredung in Volano getroffen, mit einem Mann, der ihn bis nach Lungari di Rottagrande begleiten solle. Jetzt aber war es, wie sie selbst sah, bereits acht Uhr. Von Codigoro bis Volano brauchte man mit dem Auto mindestens noch eine halbe Stunde; das hieß, daß er, selbst wenn er sofort aufbrach, an

der verabredeten Stelle mit wenigstens drei Stunden Verspätung eintraf. Konnte er da noch bleiben? Offensichtlich nicht.

»Möchten Sie nicht, daß ich wenigstens versuche, ihn zu küssen?«

Wie lästig, wie unbequem! Immerhin drehte er sich um, trat vom Fenster weg und näherte sich ihr, nachdem er sich vorn aufgeknöpft hatte, bis er mit dem Unterleib vor dem Kopfende des Bettes stand.

»Was willst du küssen? Siehst du nicht, wie heruntergekommen er ist?«

»Da bist du wirklich übel dran«, flüsterte sie jetzt, ohne ihn noch einmal zu berühren; vielmehr beschränkte sie sich darauf, dorthin zu sehen, wohin er selber sah. »Du bist tatsächlich ohne.«

5

Als er aufwachte, wußte er nicht, wo er war. Aber noch bevor er den Lichtschalter hinter seinem Kopf gefunden hatte, war sein Bewußtsein, in gewissen Grenzen, zurückgekehrt. Er hatte also geschlafen. Geschlafen und geträumt. Aber sollte er nicht geweckt werden? Wieso war niemand zu ihm heraufgekommen? Es kam ihm vor, als habe er Stunden geschlafen. Es mochte schon zwei, drei Uhr früh sein.

Er schaltete das Licht ein und drehte sich auf die Seite, um die Uhr vom Nachttisch zu nehmen. Er warf einen Blick auf das Zifferblatt; es zeigte dreiviertel sechs. Und plötzlich hatte er begriffen. Zugleich gab es ihm einen Stich, daß er nur eine Stunde geschlafen hatte. Der nächste Tag lag noch in weiter, weiter Ferne. Vor ihm öffnete sich, schwer zu überwinden, der unendliche Abgrund einer ganzen Nacht, einer der längsten Nächte des Jahres.

Zehn Minuten später stieg er die Treppe hinunter und tauchte immer tiefer in den schalen Geruch kalt gewordener Speisen.

Unten, im Vorraum, bemühte sich Bellagamba, der sich wie üblich hinter dem Empfangstisch aufhielt, einen kleinen Radioapparat einzustellen. Es wurden Sportnachrichten gesendet: die Spielergebnisse des Tages. Er trat auf ihn zu; aber über den Apparat gebeugt, aus dem es knatterte und pfiff, schien der alte Faschist seine Gegenwart noch nicht bemerkt zu haben. Er war auch im allerungünstigsten Moment gekommen; das war ihm vollkommen klar. Andrerseits mußte er nun wirklich aufbrechen. Und vorher mußte er seine Rechnung bezahlen: für das Essen und die Benutzung des Zimmers.

Nichts zu machen. Sosehr er auch darauf bestand, der andere wollte nichts davon hören. Offensichtlich, sagte er – und seine Stimme übertönte die des Radios –, wolle der Herr Rechtsanwalt einen Scherz machen. Das wäre ja noch schöner! Nachdem er ihm seine ganze Jagdbeute geschenkt hatte! Er möge ihm also den Gefallen tun und von Geld nicht mehr sprechen. Andernfalls würde er sich gezwungen sehen, ihm entweder das Wild zurückzugeben oder aber ernstlich eine Rechnung aufzustellen. Und dann würde sich allerdings herausstellen, wer von ihnen dem andern etwas schuldig sei.

Er schaltete den Radioapparat ab.

»Sagen Sie mir lieber: haben Sie gut geschlafen?«

»Danke, es geht.«

»Aber nur so wenig! Was können Sie schon geschlafen haben? Knapp anderthalb Stunden. Sie wollten um sechs Uhr geweckt werden. Aber ich hätte noch ein bißchen gewartet ...«

Mit schlauem Lächeln fuhr er fort: »Ich hatte sogar schon daran gedacht, mit Ihrer Frau zu telefonieren. Nur damit sie sich bei diesem Nebel nicht beunruhigt.« Er schlug sich mit der geballten Faust gegen die Stirn.

»Da fällt mir ein: Als Sie oben waren, sind Sie angerufen worden.«

Er streckte den Arm aus und wies nach draußen.

»Von dort drüben sind Sie angerufen worden, vom Haus des Ingenieurs Cavaglieri. Sie lassen Ihnen sagen, Sie möchten doch, wenn Sie ausgeschlafen hätten, so freundlich sein, selbst anzurufen.«

Mit einem Augenzwinkern fragte er: »Ist der Ingenieur nicht Ihr Vetter?«

Er nickte.

»Aber wer war denn am Apparat?« fragte er nun seinerseits, ohne daß es ihm gelang, seine Stimme ganz in der Gewalt zu behalten. »War es tatsächlich der Ingenieur?«

»Aber nein. Ich glaube, es war auch nicht die Signora.«

Dann mußte es wohl die Hausangestellte gewesen sein, dachte er – die Alte von heute früh.

Er reichte ihm über den Tisch hinweg die Hand.

»Auf Wiedersehen«, sagte er. »Es wird Zeit für mich. Und danke!«

»Wenn Sie wollen«, erwiderte Bellagamba, der offenbar nur ungern die dargebotene Hand drückte, »können Sie auch von hier aus anrufen.«

Mit diesen Worten zog er den Telefonapparat aus einem Fach im Empfangstisch hervor.

»Nein, tausend Dank!« sagte er, den Kopf schüttelnd, und deutete ein Lächeln an.

Er legte ihm die flache Hand auf den rechten Handrücken; dann drehte er sich um und wandte sich dem Ausgang zu.

Aber kaum war er draußen, als er stehenblieb – auf einmal im Zweifel, ob er zu Fuß ins Café *Fetman* gehen oder vielmehr sofort den Wagen nehmen sollte. Er entschied sich dafür, sich sofort in den Wagen zu setzen. Obwohl ihm, wie er sich sagte, beim Überqueren der Straße ein paar Schritte nur guttun könnten, wenn er an seine graue, belegte Zunge dachte, die er eben im Zimmer in dem Spiegel über dem Waschbecken gesehen hatte. Andererseits mußte er damit rechnen, falls er zu Fuß ginge, mit aller Wahrscheinlichkeit noch einmal Bellagamba zu begegnen. Er malte sich die Szene aus: Er käme von der Piazza zurück, und im selben Augenblick würde hinter den beschlagenen Scheiben der Tür zum *Bosco Elìceo* das Gesicht Bellagambas sichtbar, der dort auf ihn gewartet hätte – sein verzerrtes Gesicht, wie verzehrt von seiner Manie des Spionierens, Erratens und Wissenwollens ...

Nachdem er den Motor angestellt und den Wagen gewendet hatte und nun im Schrittempo auf die Piazza zufuhr (der immer noch dichte Nebel erlaubte ihm nicht einmal, in den zweiten Gang zu schalten), fühlte er sich plötzlich wie neugeboren. Gott sei Dank! Wenn sich die Cavaglieri nicht gemeldet hätten, wäre es durchaus möglich gewesen, daß er selbst nie die Kraft gefunden hätte, zu telefonieren. Ohne irgendeinen Vorwand, noch ein bißchen länger in Codigoro zu bleiben, wäre ihm nichts weiter übriggeblieben, als sich auf den Weg nach Ferrara zu machen. Und in diesem Augenblick wäre er bereits unterwegs gewesen und, mit aufgerissenen Augen in den Nebel starrend, die ganze Zeit im ersten Gang gefahren, Kilometer um Kilometer ...

Und dann stellte er sich vor, wie es bei den Cavaglieris sein würde: warm, strahlend hell; die beiden Eheleute – schon ziemlich reif an Jahren, zugegeben, aber doch noch in gewisser Weise jung, noch aktiv – umgeben von allen sechs Kindern, Jungen und Mädchen, die sich, ob klein, ob groß, geräuschvoll um Vater und Mutter scharten. Und er konnte nicht verstehen, warum ihn die Aussicht, bei seinem Besuch in diesen unvermeidlichen Trubel zu geraten, nicht etwa abstieß, sondern im Gegenteil anzog und mit Sehnsucht und Hoffnung erfüllte. Vielleicht – so malte er sich aus – würden alle, nach der Tasse Tee, nach der Scheibe hausgebackenen Brezelbrots und dem Glas süßen Albana, das man langsam zu dem Brot schlürfte, ihn drängen, zum Abendessen zu bleiben, und noch später, nach dem Essen und ein paar Runden Lotto, die ihm folgen würden, nun auch die Nacht bei ihnen zu verbringen – so wie man einen alten Onkel bitten mag, der Junggeselle geblieben ist und durch zu vieles Alleinsein schweigsam und enttäuscht geworden ist –, auf einem improvisierten Lager: vielleicht im Zimmer des Kleinsten, Tonino oder Tanino, oder dem des Zweitjüngsten, Andrea, mit dem er am Morgen ziemlich lange am Telefon gesprochen hatte und mit dem es deshalb einfach sein würde – einfacher als mit irgendeinem anderen der Brüder –, im Dunkeln zu reden und darauf zu warten, daß einem die Lider schwer wurden. Vielleicht würde es wirklich so kommen, dachte er. Und das wäre ja nur zu wünschen.

Er fuhr schräg über den Platz und achtete darauf, um nicht im Nebel die Orientierung zu verlieren, stets die kleine dunkle Spitze des Gefallenendenkmals im Auge zu behalten, ebenso wie dahinter (kaum zu erkennen) das gewaltige Gebäude der INA, das mit seiner Front von kleinen, dicht nebeneinanderstehenden jalousienlosen Fenstern, aus denen ein weißes, grelles Licht drang, eher an eine größere Stadt als an einen ländlichen Ort denken ließ. Schließlich parkte er den Wagen unmittelbar vor dem Café *Fetman*. Er hatte es so eilig zu telefonieren, daß er, nachdem er den Motor abgestellt hatte und ausgestiegen war, vergaß, wie sonst die Wagentür abzuschließen. Er erinnerte sich daran erst, als er auf dem Bürgersteig stand, im Begriff, das Lokal zu betreten. Er drehte sich um und warf einen Blick auf die Aprilia. Nein, meinte er, es war unnötig. Es lohnte nicht die Mühe. Für das Telefongespräch und alles Drum und Dran würde er höchstens einige Minuten brauchen. Und in diesem Zeitraum würde wohl niemand – wenn er diese Menschenleere ringsum sah: alle in ihren Häusern verbarrikadiert, die Einwohner, und die Fremden schon fort, weit weg, auf ihrer Heimfahrt – auf die Idee kommen, ihm etwas aus dem Wagen fortzunehmen.

Er trat ein.

Unter anderen Umständen hätten der Rauch und der Dunst, die lärmende Menge (viele Gäste des *Bosco Elìceo* waren inzwischen hierhergekommen und standen lebhaft diskutierend vor der Tabelle mit den Resultaten der Meisterschaftskämpfe, die an der Wand angeschlagen war), besonders aber das spöttische Grinsen, mit dem ihn, sobald er seiner ansichtig geworden, der widerliche Kerl hinter der Theke begrüßte, den er von heute früh her kannte, ein Mann von etwa vierzig Jahren – hätte das alles in ihm ein Gefühl entschiedener Abwehr erregt, das sich zusammensetzte aus Widerwillen gegen physische Berührungen, aus Empfindlichkeit gegen Lärm und der Furcht vor unangenehmen Begegnungen. Doch in seiner augenblicklichen Stimmung achtete er auf nichts. Er bat um eine Telefonmünze, bestellte einen Fernet, den er allerdings erst trinken wollte, nachdem er telefoniert hatte, und ging entschlossen auf die Kabine im Hintergrund des großen Gästezimmers zu.

Er schaltete das Licht ein. Ohne die Tür hinter sich zuzuziehen, wählte er die Nummer, die Zwölf.

Fast unmittelbar darauf vernahm er im Hörer eine Frauenstimme.

»Ja«, sagte die Stimme.

6

Es war Cesarina selbst, die Frau Uldericos.

Sie machte ihm sofort einen freundschaftlichen Vorwurf daraus, daß er so lange mit seinem Anruf gewartet hatte, und dabei duzte sie ihn mit solcher Natürlichkeit, als kennten sie sich, wenn nicht seit Jahren, wenn nicht seit jeher, so doch, als hätten sie das letzte Mal vor ein paar Stunden miteinander gesprochen. Warum nur, Herr Gott noch mal, fragte sie, war es ihm nicht eingefallen, gleich zu ihnen zu kommen, statt zum Essen zu Bellagamba zu gehen und dann auch noch bei ihm zu schlafen (ein Glück, daß es nach dem Mittagessen ihre Idee gewesen war, dort anzurufen!) Rico wäre mehr als glücklich gewesen. Und erst die Kinder...

Sie sprach mit tiefer, warmer, schleppender Stimme, ein wenig affektiert, und ihre Aussprache glich genau der, die Nives hatte. Und obwohl ihn im ersten Augenblick das Du, mit dem sie ihn anredete, etwas verwirrt hatte, erkannte er sehr bald, daß es so das Beste war. So würde, wenn sie sich in Kürze sahen, alles glattgehen, ohne allzu große Verlegenheit für sie beide.

»Einen Augenblick«, sagte er.

Er wandte sich um und schloß die Tür der Kabine.

»Es war schon nach drei Uhr«, erklärte er. »Und ich wollte nicht stören.«

»Stören!« ereiferte sie sich. Er solle doch, um Himmels willen, nicht einmal im Scherz so etwas sagen! Sonntags – und jetzt, in der Weihnachtszeit, war doch jeder Tag wie Sonntag – standen sie alle sehr spät auf, so daß sie sich nie vor zwei, Viertel nach zwei zu Tisch setzten. Aber davon abgesehen: ein Gedeck mehr, was machte das aus? Wenn für neun genug da war (zehn sogar, mit der Aufwartefrau), dann würde es auch sehr wohl für elf reichen. Und ein Lager für die nachmittägliche Siesta war so schnell bereitet!

»Danke«, erwiderte er. »Das nächste Mal werde ich mich nicht genieren.«

»Bravo! So ist es recht. Und die Jagd?« fuhr sie fort. »Wie ist sie gegangen? Habt ihr etwas geschossen? Als Rico heute früh erfuhr, daß du hier warst, hat er sofort den Kopf aus dem Fenster gesteckt und gesagt, daß es seiner Meinung nach bei diesem Wetter gut möglich sei, daß ihr überhaupt nichts schießt. Aber das war natürlich nur Neid«, fügte sie lachend hinzu. »Außerdem glaube ich, daß sich das Wetter später geändert hat.«
Seitdem er die Tür der Zelle geschlossen hatte, konnte er sie besser hören. Sie verband einen Satz mit dem anderen durch einen merkwürdig winselnden Laut, der halb aus der Kehle, halb aus der Nase kam. Und sie schien ihm jetzt so nahe zu sein, daß er einmal geradezu das Knistern von Bettwäsche zu hören meinte. Ob sie im Bett lag? Daß sie vor ein paar Augenblicken so rasch den Hörer abgenommen hatte, ließ es vermuten. Im Grunde war es ja auch nichts so Außerordentliches, daß man nun auch in Codigoro einen Telefonapparat mit Stecker haben konnte, mit einem Anschluß neben dem Bett. Auch der Apparat im *Bosco Elìceo* mußte einen Stecker haben.

»Ja, es hatte sich geändert«, bestätigte er. »Wir haben, alles in allem, über vierzig Stück Wild geschossen.«

Er mußte sich ihre Ausrufe der Begeisterung anhören, ihre Glückwünsche, denen, wie ihm schien, ein Einschlag von Ironie nicht fehlte – so, als ob vielleicht Gavino, der ja sehr gut schon vor ihm hatte telefonieren können, ihr bereits einen ausführlichen Bericht über den wirklichen Hergang gegeben hätte. Andererseits, sagte er sich – und spürte wieder den geheimen Stachel der Angst, wenn er sich auch noch nicht damit abfand, dieser Angst nachzugeben, ihr von neuem zu erliegen – andererseits hätte er sich gar nicht anders verhalten können. Gavino hin, Gavino her, er hatte keine Lust, den Eindruck hervorzurufen, er sei aus den Valli mit leeren Händen zurückgekommen. Auch wenn er noch einmal bei Bellagamba vorbeigehen müßte, um dort ein paar Enten zu holen, die er als Geschenk mitbringen konnte (Gott allein wußte, wie schwer es ihm – aus allen möglichen Gründen! – fallen würde, dort noch einmal aufzutauchen), so wollte er doch um keinen Preis einen so schlechten Eindruck aufkommen lassen.

Aber sie hatte inzwischen das Thema gewechselt. Sie fragte ihn nach Nives, die sie seit mindestens zwanzig Jahren nicht mehr gesehen habe, woran allerdings sie selbst, wie sie zugeben wolle, die Hauptschuld trage, da sie, als echte Landpomeranze, nie nach Ferrara habe fahren wollen; sie erkundigte sich nach dem Töchterchen und fragte, wie sie die Kriegsjahre, diese schlimmste Zeit, überstanden hatten, und ob es zutraf – Rico hatte es ihr erzählt –, daß sie in einem bestimmten Augenblick ins Ausland hätten flüchten müssen. Und während er Punkt für Punkt antwortete, begann er sich zu fragen, aus welchem Grunde sie ihn so lange am Telefon zurückhielt. Und Ulderico? Warum sprach sie nur indirekt von ihm? Wieso entschloß sie sich nicht, ihn an den Apparat zu rufen? Wenn er zu ihnen kommen sollte, dann los – und Schluß mit dem Geschwätz!

Nur drängten sich ihm, während er dies dachte, auch ganz andere Gedanken auf. Ihm fiel ein, daß er vor noch nicht zehn Minuten geglaubt hatte – in Erinnerung selbstverständlich, an das Gespräch am Morgen mit der alten Hausangestellten und dem kleinen Jungen –, Cavaglieri in seinem Hause anzutreffen, und das hieß, die ganze Familie vereint, und hieß Tee und Brezelbrot und den großen ovalen Abendbrottisch, überflutet von Licht, und hieß nach aufgehobener Tafel Lotto oder ein paar Partien Ramino, nur um die Zeit bis zum Schlafengehen zu vertreiben, und so weiter ...; aber etwas sagte ihm seit kurzem, daß er sich geirrt, daß er sich in einer Illusion gewiegt hatte. Wie schön wäre es gewesen, wirklich der alte Misanthrop zu sein, dem die Enkel das Herz warm zu machen suchen mit ihrer Herzlichkeit, Freundlichkeit und Fröhlichkeit! Das Dumme dabei war nur, daß dies für ihn immer nur eine Rolle gewesen wäre – eine Rolle überdies, die er nicht spielen konnte.

»Wie geht es Ulderico?« fragte er.

Rico? Dem gehe es großartig, versicherte Cesarina lachend. Wie, Gott sei Dank!, auch den Kindern ... Nur daß es Rico, nach langem Warten, leid geworden war, so herumzusitzen und nichts zu tun und er deshalb ausgegangen war (aber um acht würde er spätestens wieder zu Hause sein); und die Kinder waren im Augenblick ebenfalls nicht zu Hause. Sie hatte sich nämlich gerade ausruhen wollen, als die Kinder – es war immer dasselbe! – wieder anfingen, im großen Zimmer Fußball zu spielen, und da hatte sie denn, so um fünf Uhr, alle mit Giuseppina, ihrem alten Kindermädchen, ins Kino geschickt. Vor halb acht, acht würden die sich nicht wieder blicken lassen.

»Und ... wohin ist er gegangen?«

»Wer? Rico?« Und wieder lachte sie. »Was weiß ich! Wahrscheinlich zu seiner Geliebten.«

Natürlich ein Scherz, dachte er. Jedenfalls klang es ganz danach.

»Ein starkes Stück«, sagte er, bemüht, den Spaß mitzumachen, aber etwas schnürte ihm plötzlich die Kehle zusammen. »Und wo hat er sie, seine Geliebte? Hier in Codigoro?«

»Nein, nein, das habe ich nur so gesagt«, erwiderte sie.

Vielleicht war er nur spazierengegangen, der arme Rico, fügte sie hinzu, oder allenfalls in irgendeinem Café gelandet, wo er Billard oder Karten spielen konnte ... Übrigens hatte er gerade vor fünf Minuten bei ihr angerufen, um zu hören, ob er vielleicht inzwischen telefoniert habe; aber auch, wo die Kinder waren, hatte er gefragt. Und das bedeutete so gut wie sicher, daß er sie nachher vom Kino abholen und sie in die Kirche mitnehmen würde.

Wieder stieß sie diesen merkwürdig winselnden Laut aus, nur ein wenig länger und betonter.
»Aber von wo telefonierst du eigentlich?« fragte sie.
»Ich bin im *Fetman*, an der Piazza.«
»Hier unten also!« rief sie überrascht. »Hast du aufgepaßt, ob Rico nicht da ist?«
Er hatte zwar nicht die Zeit gehabt, sich umzusehen. Doch wenn er da wäre, dann hätte der Mann hinter der Theke, wie der geartet war, ihn bestimmt sofort darauf aufmerksam gemacht.
»Ich glaube nicht, daß er hier ist«, antwortete er.
»Aber dann«, sagte Cesarina lebhaft, »warum kommst du dann nicht direkt her? Los, komm, ich stehe auf und mache dir einen ordentlichen Tee.«
Noch bevor er antworten konnte, erklärte sie ihm schon, wo sie genau wohnten und wie er gehen mußte. Sie wohnten, wie sie sagte, einen Katzensprung von der Piazza entfernt, ungefähr hundert Meter vom *Fetman*, und zwar in dem großen, zehnstöckigen Gebäude an der Ecke der Via della Resistenza. Doch er solle gut achtgeben! Um zum Innenhof und damit zum Lift zu gelangen, dürfe er keineswegs von der Piazza-Seite aus ins Haus gehen, wo es übrigens eine richtige Tür gar nicht gab, sondern von der Via della Resistenza aus; Via della Resistenza, Nummer 7. Achter Stock, Tür 17 oder, wenn er wollte, auch 18. Er brauchte nur unten an der Haustür zu läuten, sie würde dann öffnen.
»Danke«, sagte er. »Es ist gut. Ich komme gleich.«

»Wirklich? Kann ich schon das Teewasser aufsetzen? Denk daran, daß ich dich erwarte.«
»Auf Wiedersehen.«
Er legte den Hörer auf und verließ die Zelle.
Aufmerksam um sich sehend, drängte er sich durch die Menge. Nein: bei seiner Länge (einszweiundneunzig, wenn er sich recht erinnerte), hätte er Ulderico sofort gesehen, wenn er dort gewesen wäre. Natürlich konnte er auch in irgendeinem hinteren Raum stecken und Billard oder Karten spielen.
»Haben Sie Herrn Ingenieur Cavaglieri gesehen?« fragte er den Mann hinter der Theke, sobald er vor ihm stand.
»Nein. Heute nicht.«
»Danke«, sagte er.
Er drehte sich um und strebte dem Ausgang zu.
»Herr Rechtsanwalt!«
Er fuhr zusammen und wandte sich um.
Hinter der Theke hervor, durch den Dampf der Espressomaschine, starrte ihn der Schankkellner an.
»Die Telefonmünze«, sagte er. »Die Telefonmünze und der Fernet.«

Vierter Teil

I

Das erste, worauf sein Blick fiel, als er herauskam (merkwürdig: der Nebel war so gut wie verschwunden), war die Silhouette seiner Aprilia. Als er den Wagen vom Bürgersteig aus sah, ein wenig schief, nach einer Seite geneigt und mit vollkommen beschlagener Windschutzscheibe, kam er ihm noch älter vor, als er wirklich war, ein verrostetes, unbrauchbar gewordenes Wrack. »Zum Teufel!« brummte er und zuckte die Achseln. Der Kopf schwindelte ihm wieder. Das kam von dem Gläschen Fernet. Er hätte ihn langsam trinken müssen und nicht, wie er es getan hatte, in einem Zug hinunterschütten.

Er ging vom Bürgersteig hinunter und trat an seinen Wagen.

Nachdem er die rechte Tür abgeschlossen hatte, blickte er nach oben. Über dem gekrümmten Autodach ragte vor ihm das Hochhaus der INA höher, massiver und drohender denn je empor. Vielleicht lag es an der klaren, nun fast ganz nebelfreien Luft, daß ihm das Gebäude auch näher gerückt schien. Hinter vielen der kleinen unverhüllten Fenster, die die scharfkantige Fassade, halb zur Piazza, halb zur

Via della Resistenza hin, punktierten, erkannte man deutlich das Innere der Wohnungen, sah die Bewohner von einem Zimmer ins andere gehen, Männer in Hemdsärmeln, Frauen und Kinder. Er zählte vom Erdgeschoß aus bis acht. Dort oben, im drittletzten Stockwerk, war nirgends Licht. Das bedeutete, daß das eheliche Schlafzimmer auf den Innenhof ging, oder aber, daß Cesarina es bereits verlassen, das Licht gelöscht hatte und in die Küche gegangen war.

Er ging um den Wagen herum und machte sich auf den Weg.

Er dachte an Cesarina. Wie sie als junges Mädchen gewesen war, zu der Zeit, als Ulderico angefangen hatte, ihr nachzulaufen, daran konnte er sich nicht mehr gut erinnern. Nach ihrer Stimme aber glaubte er zu wissen, mit was für einer Frau er es in Kürze zu tun haben würde. Darüber war er sich sogar von Anfang an klar gewesen. Er hatte am Telefon nur ihr langgezogenes, an das Miauen einer Katze erinnerndes »Jaaa« zu hören brauchen. Sie mußte groß, üppig und ruhig sein, das genaue Gegenteil von Nives. Eine dieser schönen Frauen um die Vierzig, die ihn schon immer dermaßen in Erregung versetzt hatten, daß er noch heute, in seinem Alter, wenn er einer Frau dieses Typs auf der Straße begegnete, sogar sich selbst gegenüber so tat, als habe er sie nicht bemerkt.

Er überdachte noch einmal ihr Telefongespräch; und da gaben ihm ihre Worte, zusammen mit dem

Umstand, daß sie allein im Hause war, das immer deutlichere Empfinden, vor einer unaufschiebbaren Entscheidung zu stehen, sozusagen vor einem Scheideweg. Je mehr er an ihre Art sich zu geben dachte, die scheinbar so aufrichtig und herzlich war, desto zweideutiger erschien sie ihm. Zum Beispiel dieses Duzen, mit dem sie angefangen hatte! Aber auch alles andere, etwa wie sie ihn so unvermittelt in die Intimitäten ihres Familienlebens eingeführt hatte (daß sie und Ulderico sonntags bis in den Vormittag hinein in ihrem Ehebett faulenzten, so wie die Kinder in ihren Betten), und besonders das Rascheln der Bettücher, das sie ihn mit Fleiß in einem bestimmten Augenblick hatte hören lassen: nein, auch alles andere – lassen wir's gut sein – enthüllte in nicht geringerem Maße ihre wahren Absichten. Und schließlich und endlich: Warum mußte sie ihm sagen, und sei es nur im Scherz, daß Ulderico ausgegangen sei, um zu seiner Geliebten zu gehen? Die Wahrheit war, daß sie ihm nur noch einmal wiederholen wollte – damit er es auch ja verstehe und sich hinter die Ohren schreibe –, daß sie allein in der Wohnung war, allein, und daß Mann und Kinderschar sich vor ein paar Stunden nicht wieder sehen lassen würden. Keine Angst also: Er könne beruhigt heraufkommen. Zeit hatten sie genug, und ob! Übrigens hatte die Wohnung zwei Türen, Nummer 17 und 18. Falls sich die Notwendigkeit dazu ergeben sollte, konnte sie ihn also immer noch heimlich durch den Eingang für Lieferanten herauslassen.

Indessen war er vor dem Gebäude angelangt und trat nun in den Laubengang davor. Das Herz schlug ihm bis zum Halse; er mußte um Atem ringen. Um sich zu beruhigen, stellte er sich an das Schaufenster der Verkaufsstelle für landwirtschaftliche Maschinen und drückte das Gesicht an das Schutzgitter vor der Scheibe. Neben anderen, weniger wuchtigen Maschinen erkannte er, hinter dem Gitter und hinter der dicken Glasscheibe des Schaufensters, einen großen amerikanischen Raupenschlepper, einen Caterpillar. In dem fahlen Licht des Verkaufsraums erkannte man kaum, daß er gelb lackiert war; er war nur eine ungeheure dunkle Masse. Etwas Blindes und Unförmiges, bar jedes Zwecks.

Aber so eine Hure, fuhr er in seinen Gedanken fort, – was für eine Hure!

Wenn jemand wie Ulderico, der in seiner Jugend von katholischen Priestern so wenig wissen wollte wie von Rabbinern, mit so einer Frau Jahre und Jahre zusammen lebte, dann brauchte man sich nicht zu wundern, wenn er am Ende so weit kam, daß er seine Sonntage in der Kirche beschloß, um den Segen zu empfangen. Wer weiß, was für einen Waschlappen, was für einen alten Mann so eine Frau allmählich aus ihm gemacht hatte! Sie hatte ihm zwar in kurzer Zeit sechs Kinder geschenkt. Aber jetzt, nachdem sie ihn so richtig ausgepumpt hatte, jetzt hatte sie sich augenscheinlich darauf verlegt, ihn am laufenden Band zu betrügen, und das vor der ganzen Stadt und egal mit wem: mit dem Barmann vom

Fetman – Barmann und Inhaber in einer Person wahrscheinlich —, vielleicht mit Bellagamba oder gar, warum nicht, mit Aleotti Gavino, der gelegentlich dem Ehemann Dienste leistete und der, versteht sich, zu allem zu gebrauchen war. Groß, üppig und ruhig. Und vor allem: Hure. – Was war daran so Schlimmes, dachte sie vermutlich gerade jetzt, da sie ihn erwartete. Wenn auf der Liste ihrer Männer ein Arbeiter wie Aleotti Gavino stand, jung und kräftig, gewiß, aber doch ein Arbeiter, warum sollte dann auf dieser Liste nicht auch der Vetter aus Ferrara erscheinen? Er war zwar nicht gar so jung mehr, der Vetter aus Ferrara, doch ein Herr war er gewiß, genauso gut wie Rico, wenn nicht ein größerer. Und einmal ganz abgesehen von der Verwandtschaft, waren Rico und er in ihrer Jugend nicht innig befreundet gewesen, geradezu unzertrennlich, so daß sie beide bis zu dem Zeitpunkt, wo Cesarina Ricos Geliebte und Mätresse wurde, für gewöhnlich auch zu Frauen gemeinsam gegangen waren und sie oft untereinander ausgetauscht hatten?

Die Tür von Nummer 7 der Via della Resistenza war von bescheidenen Proportionen; sie befand sich am äußersten Ende des Gebäudes, dort, wo der Laubengang endete und die üblichen ärmlichen Häuser begannen. Er hatte sie sofort von weitem erkannt, gleich als er um die Ecke bog, und zwar an dem kleinen rechteckigen Rahmen mit den Namen der Mieter, die unter Glas rechts neben der Tür angebracht und schwach von innen beleuchtet waren.

Rasch schritt er auf die Tür zu. Er fühlte sich wie als junger Mann gleich nach dem Abitur, als er in der Gesellschaft Uldericos zum erstenmal ein Bordell betreten hatte – er wußte nicht mehr genau, ob in Bologna oder in Padua. Oder wie im Gebirge, damals, als er mit Ulderico um die Zeit von Ferragosto herum mit dem Auto in die Berge fuhr – und wenn sie dann am Fuße eines Berges wie der Pala oder der Tofana standen und nichts weiter übrigblieb, als sein Herz in beide Hände zu nehmen, die Übelkeit zu überwinden, die ihm in diesem Augenblick unweigerlich den Magen zuschnürte, und, nachdem er sich hatte anseilen lassen, den anderen zu folgen, einem Geschick entgegen, dem ihn von nun an keine Macht der Welt mehr entreißen konnte, außer dem Mann, der ihn am Seil hielt und hinaufzog.

Er trat dicht an die Tür heran und beugte sich über die Namensschilder. CAVAGLIERI Ing. ULDERICO las er.

Und während er gleichzeitig seine Uhr in den rötlichen Lichtschein hielt (es war halb sieben) und ausrechnete, wieviel Zeit ihm nun wirklich blieb, um zu tun, was zu tun war, und ihm einfiel, daß seine Jagdsonntage mit Ulderico in den alten Zeiten auch immer so endeten – mit einem tüchtigen Essen erst und dann im Bett mit einer aus dem Ort, einer Hemdennäherin, Hosenschneiderin, Arbeiterin oder Landfrau, kurz, mit einer Frau, zu der man gehen konnte oder die er, wenn nötig, auf die Montina

mitnahm und die man in irgendeiner Weise bezahlte und am Schluß, vielleicht nachdem man sie erst noch unter sich Vettern ausgetauscht hatte, regelmäßig sitzenließ –, da wurde er plötzlich, während seine Augen noch immer auf dem Zifferblatt ruhten, diesem winzigen, stillen, vertrauten Gesicht seiner Vacheron-Constantin, diesem in Gold gerahmten Rund – wurde er jäh durchzuckt von der Gewißheit, daß er irre redete. Jawohl, er phantasierte, und wer weiß, wie lange schon. Seit dem Morgen, seit dem Augenblick seines Erwachens und weiter den ganzen Tag, bis zu diesem Moment, hatte er nichts anderes getan als phantasiert. Er phantasierte noch. Codigoro; dieser Laubengang ... Mit einer plötzlichen Klarheit ertappte er sich bei der Frage, wer er denn nun in Wirklichkeit war, er, der hier im Jagdanzug, mit einer Pelzmütze auf dem Kopf, stand, zu dieser Stunde und unter diesen Arkaden?
Er streifte einen Handschuh ab und berührte leicht mit dem Zeigefinger den Klingelknopf – nicht um ihn zu drücken, nur um ihn zu berühren und seine Konsistenz zu fühlen. Dann richtete er sich wieder auf. Er ließ den Laubengang hinter sich und ging, sich immer in der Nähe der Häuserwand haltend, den Bürgersteig links hinunter, in der der Piazza entgegengesetzten Richtung, auf den Flußhafen zu.

2

Es war jetzt ungefähr sieben Uhr.

Vielleicht hätte er sich den Umstand zunutze machen sollen, daß sich der Nebel so gut wie aufgelöst hatte – überlegte er; und vielleicht wäre es vernünftig gewesen, statt durch Codigoro zu irren und die Pflastersteine anzustarren, zur Piazza zurückzugehen und noch einmal zu telefonieren, um sich bei der armen Cesarina zu entschuldigen und dann in den Wagen zu steigen und – gute Nacht! – geradewegs zurück in die Stadt zu fahren. Nur, daß jedesmal, wenn seine Gedanken ein solcher Plan beschäftigte, er ihn sogleich wieder verwarf. Also bleiben? Aber wozu? Etwas Ähnliches wie dies hier mußte der Reiher empfunden haben, bevor sich infolge des Blutverlusts ein Schleier über seine Augen gelegt hatte: von allen Seiten eingeschlossen und ohne die geringste Möglichkeit zum Ausbruch. Mit dem einen Unterschied jedoch, der ihm zum Nachteil gereichte, daß er lebendig war, höchst lebendig, daß er keinen Tropfen Blut verloren hatte, und daß er dem Hund – angenommen, es käme einer, um ihn zu stellen – nur mit offenen, mit aufgerissenen Augen entgegentreten konnte.

Er schritt rasch aus, nun schon am unteren Ende der Via della Resistenza, entschlossen, keinen Blick auf die Lastkähne und Schlepper zu werfen, die wie am Morgen vor dem Kai des Flußhafens aneinandergereiht lagen. Doch sobald er neben sich die Gegenwart dieser bewegungslosen mausfarbenen Formen spürte – so ohne Bewegung, daß man meinen konnte, sie lägen nicht auf dem Wasser, sondern auf dem schlammigen Grund des Flußbettes – widerstand er nicht der Versuchung: Er blieb stehen und betrachtete sie.

Boote nebeneinander an der Kaimauer hatte er schon wer weiß wie oft gesehen, zumal als Junge in den endlosen seligen Sommerferien, in den Kanalhäfen von Cesenatico, Cervia oder Porto Corsini. Nur weckten diese Boote hier – niedrig, breit, und statt mit weiten, bunten, flatternden Segeln nur mit trübselig skeletthaftem Mastwerk ausgerüstet, in dem noch, leicht und durchsichtig wie Gaze, ein paar träge Nebelfetzen hingen – nur weckten diese hier kein Gefühl von Freude, Freiheit und Leben in ihm. Auf dem Deck eines der Schlepper, der weit vom Kai vor Anker lag, fast in der Mitte der Wasserfläche, bewegten sich zwei Personen, ein Mann und eine Frau. Es war, wenn er recht sah, ein dicker alter Mann mit weißem Haar, in einem schwarzen Pullover (wie ihn die Faschisten der Republik von Salò getragen hatten); die Frau, blond und sehr jung, trug eine Flanelljacke und eng anliegende Hosen von der Art der Blue-jeans. Sie schrien, gestikulierten und rannten wie in einer Verfolgungsjagd um die Kabine herum, aus deren Fenster ein schwacher Lichtschein wie von einer Laterne drang. Da waren ihre schrillen Schreie, weit fort und ähnlich den Schreien der Vögel in den Valli; das Geklapper ihrer Pantinen auf den Planken des Decks und ihre grotesken Schatten, ins Riesige verzerrt von dem gelblichen Licht, das von unten aus dem Laderaum drang ... Außerstande, sich dem Schauspiel zu nähern, hatte er das Gefühl, am Rande eines unendlichweiten Platzes der Vorstellung eines Puppentheaters beizuwohnen, die eigens für ihn veranstaltet wurde. Es war zwecklos: Natürlich würde es dem Alten, dem menschenfressenden Riesen, am Ende gelingen, seine Hand auf das schöne junge Mädchen zu legen, das er verfolgte. Aber was bedeutete es? Auch wenn er ihr, nachdem er sie gepackt hatte, daß sie sich nicht mehr bewegen konnte, das Messer in die zuckende Kehle stieß, was war dann in Wirklichkeit Schwerwiegendes geschehen? Man brauchte die Dinge des Lebens nur aus einer gewissen Distanz zu betrachten, um zu sehen, was an ihnen war – nämlich nichts oder so gut wie nichts.

Nachdem er eine Querstraße überschritten hatte, die links zum Friedhof führte und rechts, hinter der eisernen Brücke, in die Landstraße mündete, auf der man nach Migliaro und Migliarino gelangte und von dort entweder nach Ferrara oder nach Lagosanto und Comacchio, kam er plötzlich an einem freistehenden Gebäude vorbei. Zum zweitenmal blieb er stehen. Seltsam, daß er es in so vielen Jahren noch nie mit der nötigen Aufmerksamkeit betrachtet hatte. Es war eine alte Patriziervilla in venezianischem Stil – von einer Bauart, die gleich auf der anderen Seite des Po, im unteren Delta, ziemlich verbreitet war. Das zweistöckige Haus mit seiner schönen Fassade, so harmonisch und sympathisch – die Fenster sahen auf den Kanal, also nach Süden, und das Grundstück bot genug Platz, daß man rundum Bäume pflanzen konnte –, ja, es wäre ein Haus zum Kaufen gewesen, zum Kaufen, um dort zu leben! Er überquerte die Straße, um sich das Haus von nahem anzusehen. Aber sobald er sich den Zustand von Verwahrlosung klargemacht hatte, in dem sich das Gebäude befand – mit notdürftig zusammengenagelten Brettern anstelle der Haustür, Fensterrahmen ohne Scheiben und Läden, halb eingestürztem Dach (von unten aus sah man durch ein Fenster im zweiten Stock den Himmel) –, gab er diese Idee wieder auf. Enttäuscht stellte er sich das Innere des Hauses vor, die trostlosen leeren Räume, in denen sich auf den aufgerissenen Böden fette Kanalratten jagten, das schwarze ausgebrannte Loch des großen Kamins in der Beletage, aus dem bei stürmischem Wetter weiß der Himmel was für Windstöße brechen und von einem Ende des großen Empfangssaals zum anderen fegen würden, die Holzsplitter – Stücke von vermoderten Fensterläden und Türen, die schon vor Jahrzehnten aus den Angeln gefallen waren –, die mehr oder weniger überall herumlagen, dazu den Staub, das Spinnengewebe, den Geruch und die Dunkelheit. Nein, um einen solchen Kadaver wieder zum Leben zu erwecken, bedurfte es einer größeren Kraft, in jeder Hinsicht. Das wäre vielleicht sogar Ulderico nicht gelungen, dem Ulderico vor fünfzehn Jahren, als er, noch jung, sich plötzlich entschlossen hatte, alles hinter sich zu lassen, die erste beste Frau zu heiraten, eine, die gerade zur Hand war, sich taufen zu lassen und eine Familie und einen Hausstand in der Bassa zu gründen, praktisch gesprochen: zu verschwinden.

Er ging weiter. Aber schon bei der nächsten Querstraße bog er links ein und kam von neuem in dichter besiedeltes Wohngebiet.

Er wanderte durch die Straßen, nichtssagende ärmliche Gassen des ältesten Ortskerns mit kleinen einstöckigen Häusern. Niemand begegnete ihm. Durch die Spalten der geschlossenen Fensterläden drang das rötliche Licht, das in den Wohnungen der Armen brannte. Nichts war zu hören außer gelegentlich einem Laut aus dem Radio.

An den Kreuzungen hob er den Kopf, um die Straßenschilder zu lesen. Er wußte, daß man unmittelbar nach der Befreiung fast alle Straßen umgetauft hatte. Da waren enge, ungepflasterte Gassen mit dem Pomp von Namen geschmückt worden wie Karl Marx, Friedrich Engels, Josef Stalin, Antonio Gramsci, Clelia Trotti – es handelte sich um die berühmte Volksschullehrerin und Sozialistin, die im Winter 44 in Codigoro im Gefängnis an den Folgen ihrer Entbehrungen gestorben war – und anderen. Man hatte die alten Straßenschilder in Keramik aus der Vorkriegszeit nicht abgenommen, sondern sie nur frisch gekalkt. Und auf diese Kalkschicht hatte man mit einem in schwarze Lackfarbe getauchten Pinsel die neuen Namen gemalt. Sie waren nicht leicht zu lesen; die Zeit und die Unbilden der Witterung waren dabei, sie wieder auszulöschen. Er buchstabierte: LO MAR ; ANTON GRAMSCI; E. CURIEL; USEPPE TALIN; C E IA ROTTI. Er ersetzte im Geiste einen nach dem andern die fehlenden Buchstaben und ging nicht eher weiter, bis er damit fertig war.

In der Via Antonio Labriola, die sich genau hinter der Piazza befinden mußte (die gewaltige Wölbung der Apsis von Santa Maria Ausiliatrice schloß, mit dem Glockenturm daneben, die Gasse am anderen Ende ab), zogen zwei erleuchtete Fenster in einem Erdgeschoß seine Aufmerksamkeit auf sich. Er trat an das nächstgelegene heran und blickte, sich ein wenig seitlich stellend, durch die Scheibe.

Er sah einen niedrigen, rechteckigen Raum von mittlerer Größe, eine Gastwirtschaft offenbar. Daran ließen ihm die an den Wänden hängenden Gegenstände, Tiegel und kupferne Kasserollen, keinen Zweifel, so wenig wie der rußige Kamin oder die beiden Tische, an deren jedem vier Kartenspieler, mit Mütze oder Hut auf dem Kopf, saßen, ein Viertel Wein und das Glas neben dem Ellbogen. Doch wie kam es, daß ihm gerade diese acht Spieler, so schweigsam, so bewegungslos (die gemes-

sene Gebärde, mit der einer von Zeit zu Zeit eine Karte auf den Tisch warf, hob nur seine eigentliche Unbewegtheit noch deutlicher hervor – seine und die der anderen), wie kam es, daß sie ihm dort, hinter Glas, eingeschlossen in diesem Zimmer, dermaßen fremd und unerreichbar erschienen, obwohl sie doch Punkt für Punkt den Gästen des *Bosco Elìceo* oder des *Fetman* glichen?
Er konzentrierte seine Aufmerksamkeit auf die vier an dem Tisch gegenüber dem Fenster. Drei von ihnen waren wahrscheinlich Arbeiter, alle zwischen dreißig und vierzig. Der rechts, hager, knochig, mit dunklen, unrasierten Wangen und scharfem, hakennasigem Profil war vielleicht Maurer. Der in der Mitte, mit dem breiten stupsnasigen Gesicht, der schief nach hinten gezogenen schwarzen Baskenmütze und den von Ölschmutz schwarzen Händen Mechaniker. Der dritte, links, der zusammengekauert auf dem strohgeflochtenen Stuhl saß und in seinem Rollkragenpullover einen Buckel hatte, konnte ebenfalls Maurer sein oder vielleicht auch Bauer, einer, der mit der Wartung der Tiere zu tun hatte. Der vierte dagegen, der mit dem Rücken zu ihm saß, korpulent, mit gedrungenem Nacken und, offenbar gutgelaunt, schief aufgesetztem weichem Hut, war kein Arbeiter, bestimmt nicht, sondern ein pensionierter Angestellter des Consorzio Bonifiche oder der Eridania, falls er nicht ein kleiner Grundbesitzer war. Es gab im ganzen Raum keinen freien Stuhl. Jede Person und jeder Gegen-

stand erfüllten eine bestimmte Funktion. Er meinte, vor einem gerahmten Bild zu stehen. Unmöglich, dort einzutreten. Es gab keinen Platz mehr, es fehlte der Raum.

Was tun? Wohin sollte er gehen?

Er hob den Arm und ließ das Licht auf seine Armbanduhr fallen. Zehn Minuten nach sieben.

Er richtete sich auf und blickte zum Ende der Straße. Da, sagte er sich, dort in der Kirche würde er gewiß eine Bank finden, auf die er sich unbesorgt setzen konnte. Er würde in einem Winkel Platz nehmen, um nicht gesehen zu werden, wenn Ulderico mit seinen Kindern kam. Nur der Augenblick, in dem er die Kirche betrat, barg ein Risiko. Aber war es denkbar, daß er den Cavaglieri ausgerechnet in der Tür begegnete? Nun, er würde jedenfalls gut aufpassen.

So geräumig hatte er sich die Kirche nicht vorgestellt. Mit ihrem einzigen Schiff, den schmucklosen, weißgekalkten Wänden und den Bankreihen zu beiden Seiten des Gangs, der unmittelbar zum Hauptaltar führte, erinnerte sie ihn an ein Kino, an den leeren Zuschauerraum eines Kinos außerhalb der Vorführungszeit. Nur der Priester und ein Meßdiener waren in der Nähe des Altars zu sehen, wo sie geschäftig irgend etwas vorbereiteten, und vier oder fünf alte Frauen, die hier und dort auf den Bänken kauerten.

Etwa in der Mitte der dem Eingang gegenüberliegenden Seitenwand bemerkte er eine Kapelle; es war die einzige in der Kirche, eine halbdunkle Nische, die ausschließlich ein großes schwarzes, holzgeschnitztes Kruzifix enthielt. Dort in der Nähe mußte er sich einen Platz suchen. Wenn es nötig wurde, konnte er sich dann in den Hintergrund der Kapelle zurückziehen. Und ohne länger zu zögern, ging er auf Zehenspitzen zu der Stelle hinüber.

Sobald er saß, beobachtete er aufmerksam das ferne, ihm unverständliche Hin- und Herlaufen des Priesters und des Ministranten zwischen dem Hochaltar und der Sakristei. Doch war ihm nicht behaglich zumute. Da er die Mütze abgenommen hatte, fror er am Kopf. Überdies beunruhigte ihn die Nähe des Kruzifixes, dieses rauchgeschwärzten, von Nägeln durchbohrten Leichnams, der ihn einschüchterte.

Er gähnte. Wieviel Personen konnten wohl in der Kirche sitzen?

Er begann, die Bänke zu zählen. Beginnend mit der ersten Reihe und immer weiter zählend, eine nach der andern, kam er bis zu vierzig. Jede Bankreihe bot bequem etwa zwanzig Personen Platz. Zweimal vier macht acht. Also achthundert Sitzplätze.

Er gähnte wieder. Gut die Hälfte der Bänke, zumal die vorderen, dem Hauptaltar am nächsten stehenden, trugen oben kleine weiße Schildchen. Er stellte sich die Namen vor, die auf den Schildern standen, die üblichen Callegari, Callegarini, Benazzi, Tagliati, Putinati, Pimpinati, Borgatti, Felletti, Mingozzi, Bottoni und so fort – ungefähr die gleichen Namen,

denen man auf dem Lande begegnete, bei den einfachsten Arbeitern und Tagelöhnern. Und die Cavaglieri? Ob die auch ihre Bank in der Kirche hatten? Es lohnte fast die Mühe, einmal nachzusehen.
Er bemerkte, daß er auf etwas trat. Er sah hinunter. Papier. Es sah wie eine Zeitung aus.
Er bückte sich, nahm das Papier auf und richtete sich wieder auf.
Eine Zeitung war es nicht, vielmehr ein Sonderdruck katholischer Propaganda. Auf der ersten Seite war nur ein stark eingefärbter Holzschnitt zu sehen. Er stellte eine Hand dar, die reife Oliven am Zweig auspreßte. Die plumpen, knorrigen Finger mit ihren gewaltigen Nägeln troffen von Öl. Über alldem stand, in großen, gesperrten Lettern gedruckt, folgender Titel: SORGE DICH NICHT UM DAS MORGEN.
Er schlug das Blatt auf.
Es stand allerlei zu lesen darin. Um den Leser anzureizen, wechselte die Schriftart ständig. Auch die typographische Anordnung änderte sich immer wieder. Auf regulär über die ganze Seite gedruckte Texte folgten unvermittelt kurze Zeilen, die in einer einzigen, die Mitte der Seite einnehmenden Spalte wie Verse eines Gedichts gesetzt waren.
»Hast du jemals einen Maulwurf aufmerksam betrachtet?« las er, oben links beginnend, wobei er die Augen ein wenig zusammenkniff, um die winzige Kursivschrift der ersten Zeilen lesen zu können. »Seine Vorderbeine sind wie Schaufeln ge-

formt; mit diesen wühlt er in der Erde, wie du es mit einem Löffel tun würdest. Mit den Hinterbeinen schiebt er den Körper vorwärts. Der Kopf ähnelt einem Keil und die Nase einem spitzen Meißel; aber beide sind so beschaffen, daß sie nicht brechen. Die winzigen Augen sind ebenso wie die Ohrmuscheln fast ganz unter dem Pelz versteckt.

Überlege einmal: Ist der Maulwurf vielleicht von selbst so geworden, indem er seinen Körper seinem unterirdischen Leben anpaßte? Und warum haben sich dann andere Tiere, die unter den gleichen Bedingungen leben, auf eine andere Weise angepaßt? Der liebe Gott? Ja, aber kann ein Gott, der unendlich groß ist, sich um so geringe Wesen kümmern? Höre nicht auf die Stimme des atheistischen Materialismus! Sondern schau auf alles, was dich umgibt, mit dem klaren und guten Blick des Gotteskindes. Und dann wirst du dem heiligen Augustin recht geben, der gesagt hat: ›Gott sorgt für jedes Geschöpf, als sei es das einzige in der Welt, und für alle, als wären sie ein einziges.‹

Freilich gibt es Sorge und Sorge.

Du sorgst für deine Schuhe, deinen Jagdhund und deinen Wellensittich, für die Geranie auf deinem Fensterbrett, dein Radio, dein Moped; aber auch für dein Töchterchen: ›Paß auf, daß sie nicht fällt!‹; ›Ich glaube, die Zugluft schadet ihr!‹; ›Ob sie wohl Hunger hat?‹; ›Ich schau rasch einmal nach, warum sie weint ...‹ – und du drückst sie an dein Herz, um ihr die Tränen abzuwischen.

Die Wahrheit ist, daß sich Gott unter allen Geschöpfen des Menschen mit besonderer Sorge annimmt, denn er liebt ihn mit dem Herzen des Vaters.
Nachdem Er in deinen Dienst Luft und Sonne gestellt hat, und die Früchte, und Steine, damit du dir ein Haus baust, das Fell und die Wolle der Tiere, damit du dich kleidest, und Gräser und Blumen, um dich zu erfreuen, neigt Er sich zu dir herab, um dein Herzklopfen zu hören und es zu beschwichtigen mit der Gewißheit, die er deinem Leben bietet. Er sagt zu dir: ›Sorget nicht für euer Leben, was ihr essen und trinken werdet, auch nicht für euren Leib, was ihr anziehen werdet. Sehet die Vögel unter dem Himmel an: – Sie säen nicht, sie ernten nicht, sie sammeln nicht in die Scheunen; und euer himmlischer Vater nährt sie doch. Seid ihr denn nicht viel mehr denn sie? Und warum sorget ihr für die Kleidung? Schauet die Lilien auf dem Felde, wie sie wachsen: Sie arbeiten nicht, auch spinnen sie nicht. Ich sage euch, daß auch Salomo in aller seiner Herrlichkeit nicht bekleidet gewesen ist wie derselben eines ...‹
›So denn Gott das Gras auf dem Felde also kleidet, das doch heute steht und morgen in den Ofen geworfen wird: sollte er das nicht viel mehr euch tun?‹ Er sorgt immer für dein wahres Wohl, des sei gewiß, auch wenn nicht alles geht, wie du möchtest.«
Er war ans Ende der Seite gekommen; es war die dritte.

Was aber, dachte er, hat der Wellensittich damit zu tun?
Er drehte die Seite um. Die nächste war leer. Es war nichts weiter zu lesen.

3

Er ging durch dieselbe Seitenpforte hinaus, durch die er hereingekommen war. Und schon nach wenigen Schritten durch die Dunkelheit der kleinen übelriechenden Gasse, die seitlich der Kirche verlief, befand er sich plötzlich wieder auf der Piazza, am Rande des Platzes unmittelbar vor der Kirche.
Noch einmal blieb er stehen.
Kelch- oder trichterartig sich verbreiternd lag die Piazza in ihrer ganzen Weite vor ihm. Rechts, im Vordergrund, die düstere Kulisse der einstigen Casa del Fascio. Links, nicht minder hoch, doch entfernter, das Hochhaus der INA mit den Dutzenden von hell erleuchteten Fenstern. Im Hintergrund, in einer Entfernung, die ihm auf einmal riesig erschien, so daß ihn der bloße Gedanke, sie zu Fuß zurücklegen zu müssen, mit Müdigkeit, ja mit einer unbeschreiblichen Verdrossenheit erfüllte – im Hintergrund drei Lichtpunkte: die beiden einander gegenüberliegenden Cafés *Fetman* und *Moccia*, beide von

einem blassen Gelb, und ein Schaufenster, das er erst jetzt bemerkte und das sich rechts an die Häusergruppe mit der Camera del Lavoro anschloß. Es funkelte von dem gleichen grellweißen Licht, das aus den Fenstern des INA-Hauses flutete und an ein industrielles Werk in voller Tätigkeit denken ließ. Kein Nebel. Im Gegenteil, in der letzten halben Stunde war die Atmosphäre geradezu kristallklar geworden, so daß er nicht nur jede Einzelheit des Gefallenendenkmals auf der Mitte des Platzes wahrnahm, sondern dahinter sogar das Dach seiner Aprilia, winzig und glanzlos wie der Panzer einer Wanze. Prüfend zog er die Luft ein. Er hatte in der Nase noch den Geruch von Urin und Weihrauch. Doch damit und dem gewohnten Hauch der Valli mischte sich ein neuer Geruch. Es roch nach Verbranntem, nach gerösteten Maronen. Er ließ seine Blicke schweifen auf der Suche nach dem eisernen, mit glühender Reisigkohle gefüllten Becken als der Quelle dieses Geruchs. Vergeblich. Wer weiß, woher er kam.

Er setzte seinen Weg fort.

Er ging langsam, ließ sich gleichsam von seinen Beinen tragen, zur Mitte des Platzes hin, und zugleich nahm alles – der Raum, der ihn umgab, mit allem, was er enthielt: dem Gefallenendenkmal, der früheren Casa del Fascio, dem Hochhaus der INA – allmählich ein anderes Aussehen an. Selbst seine Aprilia wechselte ihre Physiognomie. Sie war nicht mehr das kleine, platt auf den Boden gedrückte Gehäuse, das sie noch eben gewesen war. Schon sah man die beiden hinteren Fenster in der Form eines Trapezoids. Und im nächsten Moment würde man weiß auf schwarzem Grund das Nummernschild lesen können, mit dem FE vor der Zulassungsnummer.

Er ging geradewegs auf das *Fetman* zu. Doch als er etwa drei Viertel des Weges zurückgelegt hatte, bemerkte er, wie eine kleine Gruppe von Gästen das Lokal verließ und dann vor der Tür auf dem Bürgersteig stehenblieb (es waren vier, alle im Mantel; und es hatte den Anschein, als ob auch sie die Aprilia aufmerksam musterten und sich über sie unterhielten). Um sich nicht vor ihren Augen in seinen Wagen setzen zu müssen, zog er es vor, sich nach rechts zu wenden, auf das funkelnde Schaufenster zu, neben der Camera del Lavoro. Es war ihm bereits seit einiger Zeit klargeworden, daß es sich um den Laden des Tierpräparators handelte, den Bellagamba erwähnt hatte. Aber es machte ihm nichts aus. Ja, ohne bei dieser Vorstellung den geringsten Widerwillen zu verspüren, ließ er es zu, daß ihn seine Füße, Schritt um Schritt, bis zu einem Punkt etwa einen Meter vor der großen Schaufensterscheibe führten.

Fasziniert blieb er stehen.

Da waren Jagdgewehre, gefüllte Patronentaschen, Angelruten, Netze, Lerchenlocker und Lockvögel für die Jagd in den Valli, Wasserstiefel, Kleidungsstücke aus Wolle, Flanell und Samt und, selbstverständlich, ausgestopfte Tiere, Vögel vor allem, aber auch ein Fuchs, ein Steinmarder, mehrere Eichhörnchen und einige Schildkröten: Übervoll von Dingen, die in einer nur scheinbaren Unordnung ausgestellt waren, leuchtete vor ihm die Schaufensterauslage wie eine kleine, übersonnte Welt für sich, die greifbar nah und doch unerreichbar war. Er wußte natürlich, daß sie es nur durch die trennende Glasscheibe wurde. Und da sie ihm, obwohl so klar, daß sie nahezu unsichtbar war, ein wenig von seinem Bild zurückwarf (nur einen Schatten zwar, dennoch störend), trat er, um diesen schattenhaften Rest völlig auszulöschen und sich einbilden zu können, da sei gar keine Fensterscheibe, näher an sie heran, wobei er mit der Stirn fast an das Glas stieß und ein Hauch von Kälte sein Gesicht streifte, der kälter war als die Abendluft.

Hinter dem Glas: Stille, vollkommene Bewegungslosigkeit, Frieden.

Eins nach dem andern betrachtete er die ausgestopften Tiere, prächtig in ihrem Tode, lebendiger, als wenn sie lebten.

Der Fuchs zum Beispiel, der, in der Waagerechten, die Mitte der Auslage einnahm, zwischen einem Paar gerade stehender Wasserstiefel und einer halbgeöffneten Doppelflinte, wandte zähnefletschend das Maul zur Seite, so als habe er den Kopf in ebendiesem Augenblick gewandt; die Lichter, aus denen Haß funkelte, die schneeweißen Zähne, der rote, wie glühende Fang, der rotblonde Pelz, so üppig und leuchtend, und die unverhältnismäßig große, schwellende Lunte strahlten eine übermütige, fast aggressive Gesundheit aus, die wie durch Zauber jeglichem Angriff heute wie morgen entzogen war. Auch die Eichhörnchen – an Stellen untergebracht, an denen man sie am wenigsten vermutet hätte (eins von ihnen steckte das Köpfchen aus einer hübschen ledernen Jagdtasche) – vermochten, ungeachtet ihrer Bewegungslosigkeit, nicht nur all die verschmitzte Grazie, Behendigkeit und an Walt Disneys Geschöpfe gemahnende Ausgelassenheit auszudrücken, die in ihrer Natur lagen, sondern auch etwas anderes noch, was gewissermaßen zusammenhing mit ihrem Aufenthalt eben dort, mit dem Umstand, für immer in Sicherheit zu sein, hinter der gläsernen Wand. In dem grellen, konzentrisch fallenden Licht der Lampen funkelten die kleinen schwarzen Knopfaugen fiebrig-vergnügt und voll dämonischer Ironie und Bewußtheit.

Aber an den Vögeln konnte er sich nicht satt sehen. Die Enten, ein Dutzend zumindest, drängten sich in kompakter Gruppe an die Rampe der kleinen Bühne: so nah, daß man meinte, sie berühren zu können, und endlich ruhig, ohne zu erschrecken, ohne den Zwang, sich in der Luft halten zu müssen, mit ihren kurzen, zuckenden Flügeln zu schweben in der unzuverlässigen und trügerischen Luft. Die Raubvögel hingegen waren, mit Ausnahme eines Uhus, der ganz oben, in zentraler, beherrschender Stellung nistete, in größerer Entfernung postiert:

aufgereiht auf einer Art von Regal, das ringsherum, das heißt an den Seiten und hinten, die Schaufensterauslage begrenzte. Indem er die Messingschilder las, die unten an den Postamenten aus imitiertem Ebenholz angebracht waren, auf denen die Vögel standen, erkannte er nacheinander einen Turmfalken, einen Mäusebussard, einen Wanderfalken, einen Jagdfalken, einen Sperber ... Lebendig, jedenfalls, auch die Vögel, von einem Leben, das dem Verfall und der Gefahr nicht mehr ausgesetzt war; blank geputzt, aber schön geworden, schöner gewiß, bei weitem schöner als zu der Zeit, als sie noch atmeten und das Blut rasch in ihren Adern lief: Vielleicht war er allein imstande, so dünkte ihn, sie wirklich zu *begreifen*, die Vollkommenheit ihrer endgültigen und vor dem Verderben gesicherten Schönheit, sie in ihrer ganzen Bedeutung zu schätzen.

In einem bestimmten Augenblick mußte er, um den Einschlag von Grün im Gefieder einer Wildente besser zu erkennen, ein paar Zentimeter von der Scheibe zurücktreten. Und sogleich sah er, zum zweiten Mal, den Umriß seines Gesichts auf ihr gespiegelt.

Er versuchte nun, sich zu betrachten, wie er sich am Morgen im Spiegel des Badezimmers betrachtet hatte. Und während er sich gegenüber, unter der Pelzmütze, ohne weiteres die gleichen Züge wiederfand wie nach jedem Erwachen – die kahle Stirn, die drei horizontalen Falten, die sein Gesicht von einer Schläfe zur andern durchfurchten, die lange, fleischige Nase, die schweren, müden Lider, den weichen Mund, fast wie der einer Frau, das Grübchen am Kinn, die abgezehrten, vom Bartwuchs dunklen Wangen –, aber doch so, daß sie ihm wie verschleiert, wie ferngerückt erschienen, als hätten ein paar Stunden genügt, den Staub von vielen Jahren über sie zu streuen, fühlte er im gleichen Augenblick, wie sich ein geheimer Gedanke langsam in ihm formte, noch undeutlich und doch schon reich an geheimnisvollen Versprechungen, ein Gedanke, der ihn frei machte, der ihn rettete.

4

Wenn es genügt hatte, daß er sich tot vorstellte, um plötzlich von einem Gefühl des Glücks wie von einer Welle fortgetragen zu werden, warum sich dann nicht töten? So fragte er sich mit einem Lächeln. Und warum es nicht so rasch wie möglich tun? Nein: Heute nacht noch würde er es tun, in seinem Zimmer, mit der Browning oder der Krupp. Und er wußte auch schon, wie.

Er fuhr, in der kalten, klaren, mondhellen Nacht, die Straße nach Ferrara.

Kurz vor den Werkanlagen der Eridania und des

Consorzio Bonifiche hatte er an einer Tankstelle der AGIP gehalten, für fünfhundert Lire Benzin getankt und die Scheiben reinigen lassen; und jetzt, während er weiterfuhr, fiel es ihm noch leichter, nachdem er nun einmal seinen Entschluß gefaßt hatte, sich in die Welt der ausgestopften Tiere im Schaufenster des Geschäfts von Cimini in Codigoro hineinzudenken. Ab und zu schüttelte er den Kopf. Wie töricht, wie lächerlich und grotesk wurde doch das Leben, das berühmte Leben, wenn man es einmal aus dem Schaufenster eines Tierpräparators heraus betrachtete! Und wie fühlte er sich gleich wohl bei dem bloßen Gedanken, Schluß zu machen mit diesem ewig gleichen Auf und Ab von Essen und Verdauen, Trinken und Urin lassen, Schlafen und Wachen, Gehen und Bleiben, in dem das Leben bestand! Vielleicht geschah es ihm zum ersten Mal in seinem Leben, daß er ohne Furcht an die Toten denken konnte. Nur sie, die Toten, galten etwas, nur sie existierten in Wirklichkeit. Sie brauchten ein paar Jahre, um zum reinen Skelett zu werden; das hatte er irgendwo gelesen. Danach änderten sie sich nie mehr. Rein, hart und sehr schön, waren sie dann wie kostbare Steine und edle Metalle geworden. Unwandelbar und somit ewig.
Doch je mehr er sich Ferrara näherte, desto heiterer, leichtsinniger, ja zeitweise geradezu frivol wurden seine Überlegungen. Er konnte dem ständigen Drang, laut herauszulachen, nicht widerstehen.
Der flüchtige Blick auf die Montina, links von der

Straße und jenseits des Po di Volano, lenkte seine Gedanken auf Nives. Sofort begann er vergnügt, sich auszumalen, was in einem oder anderthalb Monaten auf der Montina geschehen mochte, wenn Nives dort zu einer Besichtigung ihres Besitztums und einer ersten persönlichen Fühlungnahme mit ihren Untergebenen erschien. Er sah das alles ganz genau: die vornehm düstere Miene der Witwe und rechtmäßigen Eigentümerin, die zimperliche Linie um ihren Mund, während sie sich bemühte, sich in ihrem bestmöglichen Italienisch auszudrücken, die untertänigen Bücklinge des Gutsverwalters Benazzi, der nur hoffte, in seinem Amt bestätigt zu werden, die Landarbeiter und Ochsenhirten, die, mit dem Hut in der Hand, angesichts der Wendung, die die Politik nahm, nichts mehr dagegen hatten, die jüngste Vergangenheit Vergangenheit sein zu lassen, und in deren Gesichtern sich zugleich Schläue, Ergebenheit und Verlegenheit zeigten. Übrigens – und er grinste gutmütig – würde Nives wohl allein kommen, oder vielmehr mit dem getreuen Prearo in der Aprilia? Denn daß die beiden unter einer Decke steckten – und zwar seit längerem –, hatte allein er, mit seiner eingefleischten Neigung, nichts zu sehen, was irgendwie seine Ruhe gefährdete, ignorieren können. Warum also nicht? In Anbetracht des feierlichen Anlasses mochte der ausgezeichnete Ragioniere ausnahmsweise einmal auch als der Fahrer des Autos fungieren und sich im übrigen während der ganzen Dauer der Besichtigung ein wenig im Hintergrund halten, in respektvollem Abstand. Diese ganze Szene mitzuerleben, wäre von Anfang bis Ende ein Heidenspaß; schade, daß sie ihm entging. Aber war es andererseits nicht schon eine ausreichende Genugtuung für ihn, sie in der Vorstellung vorwegnehmen zu können und zu wissen, daß er, immerhin der Ehemann, dafür gesorgt hatte, daß sie überhaupt stattfinden konnte?

Er war ruhig und gelassen und hatte bereits einen so großen Abstand von sich und der Welt gewonnen, daß ihm, als er bei der Weiterfahrt am Ortseingang von Tresigallo diesen Namen in großen Lettern an einer Häuserwand las, er ihm so merkwürdig erschien, als habe er ihn noch nie zuvor gelesen oder gehört. Tresigallo. Was für einen Ursprung mochte solch ein Name haben? Er wollte nicht vergessen, noch heute abend im Frizzi oder Treccani nachzusehen. Vielleicht konnte er diesbezüglich irgendeine Information finden.

Indessen durchfuhr er langsam den Ort, der jetzt dunkel und verlassen dalag. Er konnte sich gut erinnern: Vor rund fünfzehn Jahren, Anfang der dreißiger Jahre, hatte die faschistische Regierung plötzlich beschlossen, aus dieser kleinen landwirtschaftlichen Gemeinde, einer der kleinsten und unbedeutendsten der Provinz, eine Mustersiedlung zu machen, eine Art Littoria der Provinz Ferrara, des Agro Ferrarese, um es im Stil jener Zeit auszudrücken. Und da zeigten die Scheinwerfer seines Autos schon hier eine Mietskaserne mit Marmorfassade, vom

Typ der Casa del Fascio in Codigoro, dort einen weiten Platz und in seiner Mitte, auf hohem schwarzen Basaltsockel, eine Statue aus Travertin, dann, bald darauf, einen Industriebau, der Ähnlichkeit mit dem neuen Hauptbahnhof von Florenz hatte und der, wie eine noch immer lesbare Schrift über dem Gittertor des Eingangs anzeigte, der Verarbeitung von Hanf und seinen Produkten diente. Es war offensichtlich: Dies alles erfüllte heute keinen Zweck mehr. Das pompöse Mietshaus von ›imperialem‹ Anstrich; die Statue des Gladiators mit dem nackten, muskulösen Gesäß, aller Wahrscheinlichkeit nach den Faschismus auf dem Marsch symbolisierend, und die Fabrik, die zur Herstellung autarker Textilien bestimmt war: Das alles enthüllte sich im Mondschein als bar jeden Sinnes, als bloße Bühnendekoration; und mehr denn je schien sich das Leben der Gemeinde auf den Kreis der paar Bauernhäuser zu beschränken, die sich, abseits von den Neubauten, um die alte Pfarrkirche gruppierten. Er fuhr am andern Ende aus dem Ort hinaus. »Glückliche Reise!«, sagte er leise vor sich hin, während er das Tempo beschleunigte, nun auf der von zwei Baumreihen gerahmten Chaussee, die direkt nach Ferrara führte. Es war das zweite Mal an diesem Tage, daß er jemandem eine glückliche Reise wünschte. Heute früh den armen vorüberziehenden Enten; jetzt Tresigallo. Er mußte wieder lachen. Aber im Grunde hatte er doch recht. Im Grunde hatte Tresigallo eine Zukunft vor sich. Der Ort lebte und –

wenn auch auf Schmalspurgeleisen – fuhr fort auf seinem Weg in die Zukunft. Während, ganz im Gegenteil, er (und er dachte es ohne eine Spur von Traurigkeit, vielmehr mit einer Art stiller Heiterkeit) – ja, wohin ging bei ihm die Reise, in seinem Wagen?
Als der Triumphbogen auf dem Corso Giovecca, die Prospettiva, vor seiner Motorhaube auftauchte, war es genau neun Uhr zwanzig. Vor dem Aufbruch in Codigoro hatte er daran gedacht, zu Hause anzurufen. Von der nun schon gewohnten Telefonkabine im Café *Fetman* aus hatte er kurz mit Elsa, der Köchin, gesprochen, nur um ihr zu sagen, daß er im Begriff sei loszufahren und wohl in etwa fünfzig Minuten zu Hause sein würde – und daß sie bitte über die Sprechanlage Romeo Bescheid sagen möge, daß er rechtzeitig das Haustor öffne. Wie er sah, war er pünktlich. Ob Elsa seine Bestellung ausgerichtet hatte? In Anbetracht der Stunde und des Umstands, daß das Essen vorzubereiten war, wahrscheinlich nicht; sie würde es vergessen haben. Aber es war nicht weiter schlimm, wenn das Haustor verschlossen war; er würde nur zweimal zu hupen haben.
Der Mond erhellte die Via Montebello in ihrer ganzen Länge: von der Kreuzung des Corso Giovecca bis weit hinunter zu der massigen Arkade aus grauem Granit, die den Eingang zum Jüdischen Friedhof bezeichnete. Die Via Mentana dagegen lag beinahe ganz im Dunkeln. Als er um die Ecke bog, schaltete

er für einen Augenblick das Fernlicht ein. Das Haustor war weit geöffnet. Auf dem Bürgersteig davor wartete Romeo, ruhig, die Hände in den Hosentaschen, seine Mütze auf dem Kopf, und den grauen Wollschal um den Hals geschlungen.
Er drosselte die Geschwindigkeit und warf einen Blick in den Rückspiegel; dann fuhr er im Rückwärtsgang auf die linke Straßenseite hinüber, stellte den Winker heraus und riß das Steuer nach rechts herum. Darauf fuhr er, noch einmal Gas gebend, entschlossen durch das Haustor und brachte den Wagen am gewohnten Platz mitten im Hausflur zum Stehen.
Er wartete, bis Romeo das Haustor geschlossen hatte und sein altes, pergamentenes Gesicht behutsam, hinter der Glasscheibe, im Rahmen des Türfensters erschien. Wieso entschloß sich der Herr Rechtsanwalt nicht, aus dem Wagen zu steigen? Dieses nur mühsam verhehlte Erstaunen war zugleich komisch und rührend.
Er kurbelte das Fenster zur Hälfte herab.
»Machen Sie mir doch bitte die Gittertür auf«, sagte er ruhig und zeigte dabei geradeaus.
Der Alte riß die Augen auf.
»Wollen Sie den Wagen draußen, auf dem Hof, abstellen?« fragte er in dem langsamen Italienisch, das er nur bei besonderen Gelegenheiten sprach.
»Aber ja«, sagte er lächelnd. »Ich habe nicht den Eindruck, daß es zu kalt werden wird.«
»Haben Sie irgendwelche Sachen heraufzutragen?«

Er verstand, worauf er anspielen wollte: auf die Jagdbeute. Doch er glaubte selbst nicht daran. Seine dünnen, fast violetten Lippen hatten sich zu einem verstohlenen Grinsen verzogen.
»Aber keine Spur. Ich habe nichts geschossen.«
Durch die Windschutzscheibe beobachtete er, wie er zur Gittertür ging. Er sah es ihm an, daß er nicht einverstanden war. Er sah es an seinem Rücken, den er tiefer beugte als sonst, während er mit einiger Mühe die Tür öffnete. In ein paar Stunden würde er ihm notgedrungen noch einige Unbequemlichkeiten verursachen. Er mußte sich daher bemühen, freundlich zu sein, und ihn sich gewogen erhalten.
Er fuhr den Wagen in den Hof.
»Und was macht Ihre Tochter?« fragte er, sobald er den Fuß auf den Boden gesetzt hatte. »Ist sie heute nachmittag gekommen?«
»Ja, sie ist gekommen«, antwortete Romeo. »Sie sind alle beide hier erschienen, sie und ihr Mann.«
Er fügte nichts weiter hinzu und verzog den Mund. Wahrscheinlich hatte er Geld herausrücken müssen, überlegte er. Aber was konnte nun er dabei tun? Ihm eine Entschädigung anzubieten, kam nicht in Frage; ganz abgesehen davon, daß er nur ein paar hundert Lire bei sich hatte, war es auch zu peinlich, das Thema anzuschneiden. Und was den Schwiegersohn betraf, so mochte er Romeo nicht versprechen, mit ihm zu reden. Denn etwas versprechen, von dem er wußte, daß er es nicht halten konnte, wäre doch ziemlich unanständig gewesen.

Die beiden Gewehre, die Browning und die Krupp, jedes über eine Schulter gehängt, stieg er behende die Treppe hinauf. Aber oben, auf dem Treppenflur, blieb er stehen. Aus dem anstoßenden Speisezimmer hatte er deutlich die weinerliche Stimme Nives' vernommen. Da man also schon bei Tische saß, war es vielleicht das Beste, wenn er sich sofort zeigte. Danach konnte er noch immer einen Augenblick auf sein Zimmer gehen und sich Gesicht und Hände waschen.

Er ging über das blanke, knarrende Parkett, öffnete die Tür gegenüber um einen Spalt und steckte den Kopf zwischen den beiden Türflügeln ins Zimmer.

»Ich bin wieder hier«, sagte er, während der kleine Pudel seiner Mutter, Lilla, sein gewohntes ersticktes Gebell hören ließ. »Guten Abend.«

Er hatte sie überrascht.

Mit der Unbeweglichkeit von Statuen und einem Blick voller Verwunderung sahen sie ihn alle an: Nives und seine Mutter, die an den beiden Enden der Tafel saßen, und Rory und der Ragionier Prearo in der Mitte, einander gegenübersitzend. Merkwürdig. Merkwürdig und komisch. War es denkbar, daß Elsa, die doch Romeo Bescheid gesagt hatte, es versäumt haben sollte, zumindest Nives von seinem Anruf zu unterrichten? Nein, das war unmöglich; dagegen sprach auch, daß neben Rory, an ihrer rechten Seite, ein fünftes Gedeck auf dem Tisch lag . . .

Er trat einen Schritt näher.

»Habe die Ehre!« murmelte der Ragionier Prearo,

der sich dabei, das schwitzende Gesicht zurückgewandt, halb vom Stuhl erhob.
»Bitte, lassen Sie sich nicht stören!«
»Willst du dich nicht setzen?« fragte Nives vorwurfsvoll. »Los, komm, es ist spät geworden.«
Im selben Augenblick betrat Elsa das Zimmer durch die Tür gegenüber, die zum sogenannten Büro und zur Küche führte. Sie balancierte auf beiden Händen die ovale Schüssel mit dem Hackbraten aus gekochtem Truthahnfleisch, und auch sie blieb unvermittelt stehen, als sie ihn erblickte.
Mit einem einzigen Blick umfaßte er sie alle: Nives, Rory, seine Mutter mit dem schwarz-gelockten kleinen Pudel, der auf einem Stuhl neben ihr saß, den Ragionier Prearo und Elsa. Er fühlte sich unvorstellbar reich, generös und zum Schenken geneigt – als sei eine Art von Rausch über ihn gekommen. Und doch wußte er es ganz genau: daß er sich nur vorzustellen brauchte, auch nur noch einen einzigen Tag zu leben, damit sich dieses Glück, das er seit einer Stunde, wie einen Schatz in seinem Innersten versteckt, mit sich trug, jählings verflüchtigte und er auch gegen seine Tochter, die ihn jetzt über den Löffelrand hinweg mit ihren schönen Augen von einem tiefen blanken Blau starr ansah, wieder die gewohnte Fremdheit empfand, ein bitteres Gefühl fast des Widerwillens, das ihm von jeher versagt hatte, sie als sein eigen anzusehen und gern zu haben. So also stand es, sagte er sich: Nur unter der Voraussetzung seines nahen Todes konnte er Rory

liebhaben! Und sie? Ob sie sich, wenn sie einmal groß war, an ihren Vater erinnern würde? Daran, wie er ausgesehen hatte?
So gut wie sicher nicht.
Das wünschte er ihr jedenfalls, von ganzem Herzen. An dem Punkt, an dem er jetzt stand, war dies das einzige Geschenk, das er ihr machen konnte.
»Ich gehe nur auf einen Augenblick in mein Zimmer«, sagte er.

5

Zuerst hatte er selbst geglaubt, in einem Augenblick wieder zurück zu sein. Aber nachdem er das Eßzimmer verlassen hatte und nun durch den langen L-förmigen Korridor ging, der vom Treppenflur bis zu seinem Zimmer führte, wurde ihm auf einmal klar, daß er dort nicht noch einmal erscheinen würde, sogar nicht, um nur mitzuteilen, er habe sich entschlossen, auf die Abendmahlzeit zu verzichten. Allein bleiben, sich ausziehen, nachdenken. Sich vorbereiten. An nichts anderem war ihm gelegen; nichts anderes war sein Wunsch.
Er trat in sein Zimmer, schaltete das Deckenlicht ein, entledigte sich seiner Patronentasche und legte sie auf einen Stuhl; er streifte die beiden Flinten von den Schultern und lehnte sie an die Wand neben

dem Waffenschrank; dann zog er die Jacke aus und hängte sie an den Kleiderständer, setzte sich auf den Rand des Bettes und bückte sich, um die Schnürsenkel zu lösen; darauf stand er wieder auf, schaltete die Leselampe auf dem Nachttisch ein und das Deckenlicht aus; schließlich streckte er sich, die Hände im Nacken verschränkt, auf dem Bette aus. Dort ruhte er noch, die Augen auf die halbdunkle Zimmerdecke gerichtet und völlig hingegeben dem außergewöhnlichen Wohlgefühl, das es ihm bereitete, wieder im Bett zu liegen, ausgestreckt auf dem eigenen Bett, als er Klopfen an der Tür hörte.

»Herein!« rief er.

Es war Elsa. Er merkte es an dem Geruch, in dem sich Küchengerüche mit dem von Seife mischten.

»Was ist los?« fragte er, ohne sich zu rühren, mit gesenkten Lidern.

Der Reis in Bouillon würde kalt, antwortete sie. Wenn der Herr Rechtsanwalt nicht gleich käme – nachher, noch einmal aufgewärmt, würde der Reis nicht mehr gut schmecken.

Er wußte, wo sie stand: im Zimmer, knapp vor der Tür, die Hand mit den geschwollenen, aufgesprungenen Fingern auf der Klinke, aber sympathisch, nicht unangenehm.

»Nein, ich komme nicht«, sagte er. »Ich habe keinen Appetit. Sagen Sie es nur meiner Frau.«

Er richtete sich halb auf, stützte sich auf den Ellenbogen und wandte ihr mit einem Lächeln sein Gesicht zu.

»Außerdem bin ich zu müde«, fügte er hinzu.
Im Halbschatten, im Licht der Leselampe, das von unten ihre blühenden Wangen streifte, sah er sie tief erröten. Woher mochte sie stammen? Ach ja, aus Chioggia, genau gesagt, aus Sottomarina di Chioggia. Sie war blond, rosig, robust, hatte himmelblaue Augen und konnte, genau wie Irma Manzoli, ständig erröten; und Frauen, die leicht erröteten, hatten ihm schon immer gefallen.
»Brauchen Sie nichts?« fragte sie ihn.
Schon wollte er die Frage verneinen. Aber da fiel ihm etwas ein. Und wenn nun kein Bindfaden im Hause war? Das wäre eine wahre Katastrophe. Um sich erschießen zu können, brauchte er ihn unbedingt.
Er hob einen Finger.
»Habt ihr etwas Bindfaden in der Küche?«
»Bindfaden?«
Armes Mädchen. Sie hatte recht, ihn mit diesem Ausdruck von Verwunderung und Ironie zu betrachten.
»Bevor ich mich schlafen lege, möchte ich die Gewehre ein bißchen reinigen.«
»Ich glaube, ja. Aber wie lang muß er sein?«
»Ein paar Meter genügen.«
»Ich sehe gleich einmal nach.«
»Danke«, sagte er und lächelte. »Vielen Dank!«
Als er sie die Tür schließen hörte, stand er auf. Er streifte die Armbanduhr ab und legte sie auf den Nachttisch. Dann ging er ins Bad.

Als erstes drehte er die Hähne der Wanne auf, über die er sich weit beugte, um die richtige Wassertemperatur einzustellen. Und während er sich auszog (er wußte genau, was er wollte: Er würde sich ausziehen und ordentlich waschen und rasieren; später wollte er sogar noch versuchen, seinen Darm zu entleeren), während er seine Pullover auszog, das Flanellhemd, die Unterjacke, dann die Socken, die Kniestrümpfe, die Samthosen, die langen wollenen Unterhosen und schließlich die kurzen aus Leinen, dachte er immer nur daran, wie er es anstellen wollte, sich zu erschießen, und gab sich alle Mühe, schon im voraus jede Einzelheit der Operation genau festzulegen.

Auf dem Lande – das hatte er oft gehört – machten es die Bauern im allgemeinen so: Sie stützten das Gewehr mit dem Kolben auf den Fußboden, hielten den Lauf fest mit beiden Händen und drückten alsdann mit der Fußspitze auf den Drücker. Er dagegen wollte es anders anstellen. Er würde den Bindfaden nehmen und ihn mit dem einen Ende am Abzug befestigen, mit dem anderen an irgend etwas Festem, Haltbarem, zum Beispiel an einem Wasserhahn der Badewanne. Nachdem er sich dann bequem irgendwo hingesetzt hatte, würde er den Gewehrlauf an sich ziehen. Ach ja, die Sache mit dem Bindfaden war entschieden ein guter Trick, ja, ein großartiger Einfall. Im Sitzen konnte er sich in die Brust, in den Hals, in den Mund oder auch mitten in die Stirn schießen, ganz nach Belieben. Außerdem

machte es im Bild nicht viel aus, wenn er den Fußboden beschmutzte.
Er stieg in die Wanne, drehte beide Wasserhähne zu und streckte sich in dem lauwarmen Wasser aus.
Der einzige Punkt, der noch zu klären blieb – so nahm er seinen Gedankengang wieder auf, und die plötzliche Stille unterstützte ihn dabei –, war die Wahl der Waffe. Welche sollte er benutzen? Die Browning oder die Krupp? Doch noch während er sich diese Frage stellte, wußte er bereits, daß er die Browning in Ruhe lassen würde; er würde sich hüten, sie zu benutzen. Besser die Krupp, sagte er sich. Sehr viel sicherer mit den beiden Läufen. Mit der Doppelbüchse war das Risiko, halb am Leben zu bleiben und langsam zu verbluten, am allergeringsten. Wenn er die nötige Länge der beiden Schnüre genau berechnen könnte – eine für jeden Abzug – würde er im selben Augenblick von zwei Schüssen getroffen werden. Und gar nichts davon merken.
Er seifte sich von Kopf bis Fuß ein, spülte sich ab, stieg aus der Wanne, trocknete sich ab, rasierte sich, desinfizierte das Gesicht mit ein bißchen Eau de Cologne und kämmte und bürstete sich sorgfältig das Haar, nicht ohne ein wenig Brillantine zu benutzen. Schließlich ging er wieder in sein Zimmer, nachdem er in die Pantoffeln geschlüpft war, seinen Pyjama und darüber den kamelhaarfarbenen wollenen Schlafrock angezogen hatte.
Elsa hatte den Bindfaden gebracht, und zwar ein

ganzes Knäuel, das sie, damit er es nicht übersehen könne, mitten aufs Bett gelegt hatte. Prüfend nahm er es in die Hand. Ausgezeichnet. Es war ein dünner Bindfaden, für kleine Pakete, doch widerstandsfähig, gerade das, was er brauchte. Damit würde der Knoten aufs beste gelingen.

Er stützte die Ellenbogen auf den Nachttisch, neben die Vacheron-Constantin und die Jaeger, dann legte er sich wieder auf das zugedeckte Bett, die Hände wie zuvor im Nacken verschränkt. Er würde nichts Schriftliches hinterlassen. Keine einzige Zeile. Wozu? Schulden, die zu zahlen, Außenstände, die einzutreiben waren, gab es nicht. Und was den Friedhof betraf, so konnte er auch in dieser Hinsicht beruhigt sein. Die Jahresbeiträge für die Israelitische Gemeinde hatte Ragionier Prearo regelmäßig für ihn und seine Mutter eingezahlt. Niemand würde also Einwände erheben können. Auch dem Präsidenten der Gemeinde, Cohen, der ihn seit seiner Heirat nicht mehr grüßte, waren die Hände gebunden.

Er hing weiter seinen Gedanken nach.

Gegen Mitternacht erhob er sich, ging zur Tür, öffnete sie und trat auf den Gang hinaus.

Nicht gerade immer, aber doch häufig ging er ungefähr um diese Stunde zu seiner Mutter; entweder war er gerade kurz zuvor heimgekommen oder hatte sich gleich nach dem Abendessen in sein Zimmer zurückgezogen, um in Ruhe die Zeitungen lesen zu können oder etwas abzurechnen. Es war eine alte, uralte Gewohnheit. Und gerade deshalb war es nicht auszuschließen, daß seine Mutter aus Besorgnis, da er nicht zu ihr kam, ihm nun ihrerseits um zwei, drei Uhr nachts einen Besuch machte, gerade wenn er allein sein mußte und nicht gestört werden durfte.

Er schritt über den Korridor, den Treppenflur, durch das Eßzimmer, die beiden anschließenden großen Salons, die seit rund einem Jahrzehnt nicht mehr geheizt wurden und nun ständig als Abstell- und Vorratsräume verwendet wurden. Mit anderen Worten, er durchmaß die Wohnung von einem Ende zum andern, öffnete und schloß Türen, schaltete Licht ein und aus, ohne Rücksicht darauf, daß das Parkett unter seinen Schritten knarrte. Wenn Nives in ihrem Schlafzimmer oder Elsa in dem Kämmerchen neben der Küche ihn vorbeigehen hörte, dann um so besser. Ja, sehr viel besser, wenn auch ihnen diese Nacht als ganz normal erschien, in nichts verschieden von so vielen anderen Nächten.

6

Das tiefe Glück, das er empfand, gab seinen müden Beinen Kraft, seinen Bewegungen Maß und Präzision und Ruhe den Schlägen seines Herzens. Das, was er da drinnen trug, war wahrhaftig ein Schatz. Ungeheuer, ja unerschöpflich; und nichtsdestoweniger geheimzuhalten, zu verbergen vor jedermann auf der Welt. Seine ganze Heiterkeit, sein ganzer Friede, kamen von der Gewißheit, einziger Eigentümer dieses Schatzes zu sein.

Das Schlafzimmer seiner Mutter, ein Raum, der in alten Zeiten – zur Zeit des Großvaters Eliseo und der Großmutter Vittoria – ausschließlich als Billardsaal benutzt worden war, war das letzte, vom Eingang am weitesten entfernte Zimmer der Wohnung. Doch nachdem er durch die weite, eisige Finsternis des zweiten der beiden früheren Repräsentationssäle, voll von dunklen, gestaltlosen Wesenheiten, gegangen war, stand er nun endlich vor der Tür, drückte die Klinke nieder und öffnete die Tür um einen Spalt.

»Darf ich?« fragte er wie üblich.

»Ach, du bist es!« hörte er gleich darauf die vertraute klagende, bebende Stimme.

Er trat ein, schloß die Tür und ging durch die plötzliche milde Wärme auf ihr Bett zu, das an der gegenüberliegenden Wand stand. Er setzte sich zu ihr und streckte die Hand aus, um Lilla zu streicheln, die ihr harmloses kleines Knurren hatte hören lassen, wie es der Ritus vorschrieb, und sich gleich darauf wieder an der Seite ihrer Herrin, neben ihrer Hüfte, zusammengekauert hatte. Kurz, er benahm sich wie jedesmal, tat, was er immer tat, führte die gleichen Bewegungen aus und schickte sich an, die gleichen Dinge zu sagen und zu hören wie stets.

Nur, daß er dieses Mal glücklich war; und gleich von Anfang an ließ sich seine Mutter davon anstecken.

Statt mit den gewohnten Klagen zu beginnen, die sich hauptsächlich gegen Nives richteten, betrachtete sie ihn wortlos, voller Wohlwollen.

»Wie sind wir heute schön!« sagte sie schließlich.

»Schön, ich?« wehrte er ab. »Nun hör aber mal auf!«

»Doch, doch, laß es dir von deiner Mama sagen! Du solltest öfter auf die Jagd gehen. Wind und Sonne – von Zeit zu Zeit ein bißchen frische Luft schöpfen wie früher, das würde dir guttun. Davon bin ich überzeugt. Wenn du sehen könntest, wie gut du aussiehst.«

»Nun ja, vielleicht hast du recht«, sagte er und neigte den Kopf. »Ich habe es vielleicht wirklich nötig.«

»Bravo«, sagte sie lächelnd. »Weißt du, ich habe es gleich gesehen, wie du kamst, daß du ein ganz anderes Gesicht hattest. Aber wie kommt es«, fuhr sie fort, lächelnd und mit leiser Stimme redend, »wie kommt es, daß du nichts essen wolltest, nicht einmal ein bißchen Suppe? Sie war sehr gut.«

»Ich glaube es. Aber ich habe heute sehr spät zu Mittag gegessen. Ich hatte keinen Appetit.«

»Schade. Den Hackbraten hat deine Frau machen wollen, aber ich muß anerkennen, daß sie inzwischen etwas gelernt hat. Auch er war vorzüglich ... Und wo hast du gegessen?«

Er sagte es ihr.

»Wer weiß, was für Zeug du da zu schlucken bekommen hast!« rief sie mit einer Grimasse des Ekels. »Hoffen wir nur, daß es dir nicht schlecht bekommt. Aber hat dich wenigstens das wollene Unterzeug vor der Kälte geschützt?«

Während er ihr antwortete, ja, das wollene Unterzeug habe sich als ein wahrer Segen erwiesen, und ihr dann ausführlich berichtete, was er zu Mittag gegessen hatte, beobachtete er sie aufmerksam. Auch sie war schön, wie sie dort im Bette saß, zwei weiße Kissen im Rücken, Schultern und Brust bedeckt mit diesem reizenden Bettjäckchen, aus blauer Wolle gehäkelt, mit ihrem feinen, weichen Haar, nur ein wenig weißer als das zarte Pergament ihres Gesichts – auch sie war schön, sehr schön. Vollkommen.

»Auch du bist sehr schön«, sagte er. »Mein Kompliment!«

Sie lachte laut auf. Kindlich geschmeichelt warf sie sich nach hinten, auf die Kissen, schlug die kleinen knöchernen Hände zusammen, auf denen die Venen hervortraten, und senkte die Lider. Wie alt war sie wohl, fragte er sich. Etwa achtzig mußte sie sein,

also fast doppelt so alt wie er. Allerdings tat auch die Arteriosklerose das ihrige dazu, daß sie wieder zum Kinde wurde, einem Kind, das noch kindlicher als Rory war.
Als sie wieder die Augen aufschlug, wollte sie hören, wie die Jagd gegangen war.
»Du wirst nichts erlegt haben, denke ich mir«, sagte sie.
Auf ihrem Gesicht erschien ein mißtrauischer und zugleich erwartungsvoller Ausdruck, so als ob sie sich nichts Besseres wünschte, als seinen Widerspruch zu hören. Warum sollte er ihr nicht den Gefallen tun? Sie wollte gern ein Märchen von ihm hören, und er würde es ihr erzählen. Mit großem Vergnügen.
Sie irre sich, antwortete er ihr, an Enten und Wasserhühnern habe er zusammen etwa vierzig Stück heruntergeholt. Nur habe er es vorgezogen, sie zu verschenken, statt sie mitzubringen. Er habe sie alle Ulderico geschenkt.
Sie verstand nicht gleich.
»Was für ein Ulderico?« fragte sie.
Sie wies mit einer Kopfbewegung in die Richtung der Via Montebello und fragte dann, die Stimme senkend:
»Cavaglieri?«
Er nickte mit dem Kopf.
Er wartete darauf, daß sie sich von ihrer Verblüffung erholte und Ordnung in ihr Gedächtnis brachte. Ja, eben der, bestätigte er. Da sie letzthin

ein paarmal miteinander telefoniert hatten, und Ulderico äußerst liebenswürdig gewesen war, hatte er sich entschlossen, da er ja ohnehin durch Codigoro kam, ihn aufzusuchen.

Jetzt war sie ganz Aufmerksamkeit, wie um zwanzig Jahre verjüngt.

»In seinem Hause?«

»Ja.«

»Und wo ist das, wo wohnen sie? Auf dem Lande?«

»Nein, in Codigoro. Direkt an der Piazza.«

»Hast du auch seine Frau gesehen?«

»Seine Frau und die Kinder.«

»Die Kinder! Wieviel haben sie denn in die Welt gesetzt?« Er zeigte es ihr mit den Fingern.

»Sechs!« rief seine Mutter und schlug die Hände zusammen. »Ach, du allmächtiger Gott! Was für eine Sippe!«

»Und seine Frau ...«, fragte sie nach einer Weile, wieder mit gedämpfter Stimme. »... wie ist seine Frau? Hast du mit ihr gesprochen?«

»Selbstverständlich. Ich habe telefoniert, ich habe sie besucht, sie haben mich sehr freundlich zum Tee eingeladen ... Ja, sie wollten durchaus, daß ich zum Abendessen bliebe.«

Er sah ihr zu, wie sie den Kopf schüttelte, einen tiefen Seufzer ausstieß und sich dann auf die Kissen fallen ließ. Ihre kastanienbraunen Augen, die immer ein wenig feucht waren, hatten sich mit Tränen gefüllt. Woran dachte sie? Was regte sie so auf? Um Gottes willen, nur keine Traurigkeit jetzt!

Um sie abzulenken, erzählte er ihr nun von den Kindern. Die beiden Mädchen waren schon groß. Von den vier Jungen – alle nett und wohlgeraten – hatten drei, während er dort war, auf der Diele Fußball gespielt.

»Das wird einen schönen Spektakel gemacht haben!« sagte sie, unter Tränen lachend.

»So ziemlich.«

»Und wie heißen diese verflixten Kinder?«

»Ich weiß nicht. Clementina, Tonino ... oder Tanino, ich habe nicht genau verstanden. Es ist auch einer dabei, der Andrea heißt.«

Hier wurden sie von Lilla unterbrochen, die sich plötzlich auf die Pfoten gestellt hatte und laut bellte. Sie hatte ein sehr feines Gehör; er hatte es schon bei früheren Gelegenheiten bemerkt. Da brauchte zum Beispiel nur ein Lastwagen über den Corso Giovecca zu fahren, und schon sprang sie wie eine Sprungfeder in die Höhe, um zu protestieren.

»Sei artig!« schalt seine Mutter. »Kusch dich, Dummerchen, und schlafe!«

Als sie sich vergewissert hatte, daß Lilla wieder schlief, hatte sie, wie es schien, auf einmal alles vergessen, worüber sie gesprochen hatten.

Sie nahm das Gespräch wieder auf, indem sie, ihrer Gewohnheit nach, von allem möglichen sprach: von Lilla, die dermaßen intelligent sei, daß nur, wer sie nicht kenne, sich wundern würde, wenn sie eines Tages *Mama* sagen könne; von Nives, die, gewiß, so ungemein tüchtig sei, dabei gescheit und energisch, von rastlosem Fleiß, eine Frau, die sich vor nichts fürchtete, aber oft auch ein bißchen schroff, wie sollte sie sagen – ein bißchen allzu derb; von Prearo, der ihnen gerade heute abend bei Tisch erklärt hatte, daß sich die politische Entwicklung jetzt gut anließe, und das stimme ja übrigens auch völlig überein mit dem Frieden und der Ruhe, die sie seit kurzem um sich herum spüre – eine Stille, ganz ähnlich der, die sie damals in Fiesole empfunden hatte, im Kloster, zur Zeit, als die Deutschen im Lande waren; sie sprach von Rory, die ihr heute ein Weihnachtsgedichtchen unter die Serviette gelegt hatte, wirklich sehr ordentlich geschrieben, sowohl was die Handschrift als auch was den Inhalt betraf, und so liebevoll; von einem undichten Wasserrohr, mit dem es jeden Tag schlimmer würde – sie müsse hinter Romeo her sein, daß er sich einmal aufraffe und nachsehe, was damit los sei; und davon, daß sie um fünf Uhr nachmittags einen Anruf von ihrer alten Freundin Carmen Scutellari – von den Scutellaris aus der Via Terranuova – erhalten habe, der mit dem gegenseitigen Versprechen geendet hatte, sich in den nächsten Tagen einen Besuch zu machen; und so fort. Es war ein ununterbrochener Strom von halblaut gesprochenen Worten, ein wenig wie das Piepen eines Vogels, das nach nicht weniger als zwanzig Minuten mit einem soundsovielten Seufzer schloß und einem entschieden zufrieden, ja glücklich klingenden »Was weiß ich!«

Auch was sie betraf, war alles in Ordnung, dachte

er, während er Anstalten machte, sich zu erheben. Für die kleine Weile, die ihr noch zu leben blieb, würde es auch so bleiben. In jedem Fall.
Er neigte sich über sie, um sie auf die Schläfe zu küssen.
»Ciao«, sagte er. »Gute Nacht.«
»Danke, mein Lieber. Eine gute Nacht auch dir.«
Er wandte sich und ging durchs Zimmer, bis zur Tür.
Die Hand auf der Klinke, drehte er sich noch einmal um und sah zu ihr hinüber. Sie lächelte ihm zu, umgeben von allem, was am persönlichsten zu ihr gehörte, dem abgöttisch geliebten Hündchen, fast in Hautnähe bei ihr ruhend, den Familienfotografien, der pergamentenen Urkunde mit dem Liebesknoten aus dem Wappen des Hauses Savoyen im silbernen Rahmen, den bunten Medizinfläschchen, den ledernen Brillenfutteralen, dem kleinen goldgerahmten Rechteck des Zenith-Weckers, den Büchern in einem Regal und den letzten Jahrgängen der *Vie d'Italia* in einem anderen, dem *Giornale dell'Emilia* auf der grünseidenen Steppdecke, auf gleicher Höhe mit dem schwarzen Wollknäuel, das Lilla war. Weiß lag sie dort hinten, eingeschlossen in ihren Kokon aus Licht ...
»Gute Nacht«, sagte er noch einmal.
»Gute Nacht, lieber Edgardo.«

Anmerkungen des Übersetzers

Bassa: Die dem Delta nahe Niederung der Po-Ebene.
Camera del Lavoro: Arbeitskammer, gewerkschaftliche Institution.
Casa del Fascio: Haus der Faschistischen Partei.
Ferragosto (Feriae Augusti): Die Tage unmittelbar vor und nach dem 15. August (Mariä Himmelfahrt).
Littoria: Musterbeispiel für die »innere Kolonisation« unter dem Faschismus: eine 1932–34 auf den trockengelegten Pontinischen Sümpfen erbaute Stadt; heißt heute Latina.
Ragioniere (vor dem Namen *Ragionier*): Mit einem an einer höheren Handelsschule erworbenen Diplom verbundener Titel.
Republik von Salò: Der von den Alliierten unbesetzte Teil im Norden Italiens, den Mussolini nach seiner Befreiung im September 1943 mit deutscher Unterstützung staatlich zu organisieren versuchte, mit der Residenz in Salò am Gardasee.
Valli: Die Valli di Comacchio, zu denen auch die hier geschilderte Landschaft gehört, sind eine 430 km^2 große Lagune, durch Dämme in zahlreiche Becken (eben die *Valli* – eigentlich: Täler, auch Sümpfe) geteilt.

Giorgio Bassani

Die Brille mit dem Goldrand

Erzählung. Aus dem Italienischen von
Herbert Schlüter. 1985. 106 Seiten.
Serie Piper 417

Im Mittelpunkt der Erzählung steht der kultivierte, von seinen Ferrareser Mitbürgern respektierte Arzt Fadigati. Als seine homosexuellen Neigungen bekannt werden, bleibt er weiterhin von der Gesellschaft geduldet. Erst als er sich mit einem schönen skrupellosen Studenten einläßt, der ihn in aller Öffentlichkeit bloßstellt, zieht sich die achtbare Gesellschaft von ihm zurück. Der einzige, der ihm mit Verständnis und Menschlichkeit begegnet, ist der Ich-Erzähler, der als Jude in eine ähnliche Isolation gedrängt wird.

Ferrareser Geschichten

Aus dem Italienischen von
Herbert Schlüter. 1985. 250 Seiten.
Serie Piper 430

»Bassani beherrscht die Kunst, seine Personen von sich wegzuschieben und sie quasi in einen Spiegel zu stellen.«
Eugenio Montale

PIPER

Antonio Skármeta

Mit brennender Geduld

Roman. Aus dem Spanischen von Willi Zurbrüggen.
3. Aufl., 15. Tsd. 1985. 150 Seiten. Geb.

Antonio Skármetas Roman lebt von der Liebe des Autors zu seinen Figuren, von der Verbundenheit eines Schriftstellers mit den Menschen seines Volkes, einer Gemeinschaft vitaler, skurriler und eigenwilliger Personen. »Mit brennender Geduld« ist ein blendend erzählter, unangestrengter, humorvoller Roman, ein Kleinod in unserer literarischen Landschaft.

»Skármetas Werk ist ein begeisternder Roman über Poesie, Politik und Leidenschaft. Gewisse Dialoge lesen sich wie ein glänzend geschriebener Lehrgang in Ästhetik. Diese Gespräche kreisen um Metaphern – Skármetas Werk ist voller Bilder, der ganze Roman ist metaphorisch zu lesen.«

Neue Zürcher Zeitung

Der Radfahrer vom San Cristóbal

Erzählungen. Aus dem Spanischen von Willi Zurbrüggen.
201 Seiten. Geb.

Skármetas Gestalten »kämpfen, um als Individuum, zu zweit oder in kleinen Gruppen, die Werte der Solidarität in einer Gesellschaft zu errichten, in der alle einander fremd sind, in der die Mächte der Unterdrückung die menschliche Würde zu verdrängen und zu zerstören trachten«.

Ariel Dorfman

Mempo Giardinelli

Heißer Mond

Luna caliente. Roman.
Aus dem argentinischen Spanisch von Curt Meyer-Clason. 1986.
130 Seiten. Geb.

»Er wußte, was geschehen würde, er hatte es gewußt, als er sie sah« – von Anfang an ist sich Ramiro, der nach acht Jahren Studium in Paris in seine Heimatstadt zurückkehrt, völlig bewußt, daß er in sein Verderben rennt und daß es nicht aufzuhalten ist. Die Begegnung mit Araceli, der dreizehnjährigen Tochter eines alten Freundes, steht unter dem Zeichen der unmäßigen Hitze des argentinischen Sommers, des weißglühenden Chacomondes. In derselben Nacht, in der er sie kennengelernt hat, dringt Ramiro in ihr Zimmer ein, vergewaltigt sie und erstickt die sich verzweifelt Wehrende schließlich in Panik und Raserei.
Er will fliehen, doch Aracelis betrunkener Vater verstellt ihm den Weg, will in die Stadt zu einer Sauftour mitgenommen werden. Ramiro, der Intellektuelle, der Ehrenmann, dem eben noch eine glänzende Zukunft bevorstand und der sich nun mit einemmal als gehetzter Außenseiter fühlt, beseitigt den angeblichen Mitwisser des Verbrechens – wenn es denn ein Verbrechen gab: Am nächsten Morgen taucht Araceli bei ihm auf, strahlend und verführerisch, doch kurz danach auch die Polizei, die Polizei des Militärstaats, die ihre eigenen Gründe hat, den Verdächtigen zunächst glimpflich zu behandeln. Im Verhör gibt Ramiro sich kaltblütig und besonnen, er genießt es geradezu, dem Polizeiinspektor zu beweisen, daß er ihm an Scharfsinn zumindest ebenbürtig ist, doch jedes Treffen mit Araceli bringt ihn fast um den Verstand. Die Hemmungslosigkeit des jungen Mädchens, dem er immer mehr ausgeliefert ist, erregt ihn und ekelt ihn zugleich an, doch längst sind sie beide Komplizen, und er kann sie nicht mehr abschütteln, noch nicht einmal im Tode …